Hayykitap - 560
Edebiyat - 83

Kalbin Kaderin Olsun
Umut Güner

Hayykitap Edebiyat Yayın Yönetmeni: Caner Yaman

Kapak ve Sayfa Tasarımı: Turgut Kasay

ISBN: 978-605-2214-71-8
1. Baskı: İstanbul, Mart 2019

Baskı: Yıkılmazlar Basım Yay.
Prom. ve Kağıt San. Tic. Ltd. Şti.
Evren Mah. Gülbahar Cad. No: 62/C
Güneşli - İstanbul
Sertifika No: 11965
Tel: 0212 630 64 73

Hayykitap
Zeytinoğlu Cad. Şehit Erdoğan İban Sk.
No: 36 Akatlar, Beşiktaş 34335 İstanbul
Tel: 0212 352 00 50 Faks: 0212 352 00 51
info@hayykitap.com
www.hayykitap.com
facebook.com/hayykitap
twitter.com/hayykitap
instagram.com/hayykitap
Sertifika No: 12408

Nisan 2020

Kalbin Kaderin Olsun

Umut Güner

Canımın üç çiçeği,
Damla Güner, Sibel Güner ve Nur Güner'e...

"

Yaşanan hiçbir acı, tanınan hiçbir
insan, gidilen hiçbir şehir, ezberlenen
hiçbir şarkı, yüreği örten hiçbir şiir,
gülümser gözle bakılan hiçbir an,
gözden akan hiçbir tuzlu su, akla dolan
ve iz taşıyan hiçbir koku, tene işlenmiş
hiçbir haz, hiçbir hata ve hiçbir sevgi
boşuna yaşanmamıştır. Vakti gelince
mutlaka bir anlam ifade eder.
İnsan, yolculuktur.
Canım, kalbin kaderin olsun.

Araba toprak yolda çukurlara gire çıka, kavisli tepeleri dolanarak ilerliyordu. Sağ tarafı alabildiğine deniz, solu yeşilliklerle örtülüydü. Sonbahar hafif hafif kendini kışa teslim ediyordu. Yolun kötülüğünün sebep olduğu mide bulantısı, kafa karışıklığı ve acı, içindeki özlemle birleşerek derin bir kedere dönüşüyordu.

Bu kederi sevdiği kadının silueti yavaşça sildi. Onun yüzü ve sesi kalbinde heyecana sebep oldu. Nefesinin, onun yüzünün santimlerinde dolaştığını hissetti. Verdiği huzura, herkesten farklı hissettirmesine, milyarlarca insan arasından onu bulmasına şükretti yüreği. Yaşadıkları tüm güzel anılar canlı bir hatıra gibi dikildi gözlerinin önüne. Hayal benliğinin derinleri ısındı. İlk kelimeler, dokunuşlar, göz göze kalışlar, birine sahip olmanın verdiği muhteşem umut duygusu, birinin seni işgal etmesinden alınan haz. Hepsi derinleşti ruhunda. Elleri kadının saçlarının arasında dolandıktan sonra kalemiyle sevdiğinin köprücük kemiklerinin hemen altına, omuz hizasına doğru yazdığı cümle ilişti ruhuna, **'tam gözlerinin karşısıdır evim'**.

O son gece, tüm tenini dolaşarak yazdığı tüm şiirleri anımsadı. Onlara, müthiş bir uyum içinde, dünyanın en sıradan ânını yaşıyorlarmışçasına olağan gelen bu durum tenini karıncalandırdı. Yüzünde huzurlu bir tebessüm belirdi. Aklının odalarının kapıları birer birer açılarak, içinde hissettiği aşk daha da sihirlendi. Yol gitgide ilerlerken, o her şeyden uzak sevdiğinin büyüsüyle dolmuştu. Sırtına kazıdığı mısralar yavaşça dilinden kendi içine döküldü.

Saçındaki gizli çiçekleri,
Ellerinin hikâyesini,
Canını ağrıtan şarkıları,
Yüzüme düşmüş yağmurlarını,
Gözlerinde büyüyen kocaman hayallerini,
Sesindeki çocuksu neşeyi,
Kalbinin kokusunu,
Ayağının altındaki şehirleri,
Tüm sıradaki güzel şarkılarını,
Anlatan senmişsin gibi dinlenen masalları,
Sana benzeyen tüm masal kahramanlarını,
Benzeşen tüm ortaklığımızı, 'seviyorum'.
'Nasıl ki acaba' dersen kendi kendine;
'İşte böyle bir şey...'

Şoförün "Geldik Kürşat Bey" deyişiyle, siluet bir anda kalbinin raflarına karıştı. Şoförü, kalan kısa yolda ona eşlik etmeyecek, Kürşat köye yalnız gidecekti. Kısa bir teşekkür ve vedalaşmanın ardından Kürşat kalan kısa yolu hızlıca geride bıraktı. Köyün ortasına vardıktan sonra aracı park etti. Yolculuktan sıkılmış tarafı derhal kendini dışarı doğru attı. Karşılıklı yan yana dizilmiş onlarca adamın oturduğu sıra kahvelerin olduğu bir köy buldu karşısında. Meraklı ve dedikodu üreten ağızlar ile baştan aşağı kendisini süzen gözlere 'merhaba' edasıyla kafa sallayarak, kendisine doğru koşarak gelen, muhtar olduğunu anladığı kişiye doğru yöneldi. Muhtar, Kürşat'ın elindeki çantayı almak için hamle yapmak üzereyken Kürşat çantayı gerek yok dercesine hızla çekti ve çevresindeki hiçbir şeyi görmeyi istemediğini anlatırcasına, "Ahmet Bey'in yanına gidebilir miyiz lütfen," dedi. Hiç kimse ile bir tanışıklığa ya da diyaloğa girmek istemiyordu. Bir an evvel olayın iç yüzünü öğrenip, olabildiğince çocuğa yardımcı olup Umay'a dönmek istiyordu. İçinde, köye girdiği saniyeden itibaren onu rahatsız eden bir duygu oluşmuştu. İnsanların ona yönelik nefret dolu bakışları bunun anlaşılır kılıyordu.

Köy, Bandırma'ya yaklaşık sekiz kilometre mesafede zeytinlik bir alan ve tarihi ahşap evlerin içinde kalmış, kendini içe kapamış, yakın çevresindeki gelişmişlik ve ilerleyen dünyadan kendini uzak tutmuştu. Aslında tam olarak tüm gün kahvede oturup sürekli boş muhabbet çeviren, eşini kapı eşiğine dahi salmayan, her şeyi bildiğini sanan bir erkek güruhun egemenliğindeydi. Böyle bir olayın burada vuku bulması o nedenle Kürşat'a hiç ilginç gelmemişti. Yobazlığı din sanan, dedikoduyla beslenen, herhangi bir üretim içinde olmayan, düşünmekten aciz, kazandığı parayı alkole ve pavyona harcayan, eğitimsiz, eğitimsizliğin de ötesinde kalbi kararmış insan yığınıydı. Kürşat buraya çok eski bir dostu olan, şimdilerde ise bölgede komutanlık yapan Ahmet'in ricası ile gelmişti. Ahmet yıllarca Güneydoğu'da terörle ve türlü zorlu şartlarla mücadele etmiş, sonra buraya tayini çıkmıştı. İlk başlarda bu yeri yeni bir başlangıç olarak görüp o zorlu koşulları geride bıraktığına sevinmişti, ancak bölgede yaşanan olaylar onu hayrete düşürmüş, her gün duyduğu birbirinden beter şikâyetler yüzünden canından bezmişti.

Son yaşananları ise ne aklı, ne kalbi, ne midesi kabul ediyordu. Ahmet'in burs verdiği erkek çocuk, köyde yaşayan, yaşları 19-70 yaş arası değişen erkekler tarafından cinsel istismara uğramıştı. Olay, çocuk en sonunda iç kanama geçirince Ahmet'in ilgisini tamamen çocuğa yöneltmesi ve olayın üstüne gitmesiyle patlak vermişti. Adamlar çocuğu öncelikle her gün gittiği internet kafede pornografiye yönlendirmiş, ona porno filmler izleterek ruhunda tamiri zor yaralar açmışlardı. Akabinde başlayan dokunmalardan toplu tecavüze uzanan türlü biçimlerde çocuğu aylarca istismar etmişlerdi.

Sencer on iki yaşındaydı. Babasını küçük yaşta kaybetmişti. Babasından ona kalan anılarla yaşıyordu. Annesi ise ikinci evliliğini yapmıştı; üvey babası tarafından sevildiği de söylenemezdi. Annesinin ilgi ve şefkatini hiç hissedememişti. Hayatındaki boşluklar ve yuvasızlık onu suiistimale açık hale getirmiş, bu iğrençliğin yaşanmasına sebep olmuştu. Köyde ona tek sahip çıkan Ahmet'ti. Komutanlığın önünde nöbet tutan erle konuşurken tanımıştı Ahmet Sencer'i.

Yüzünü gördüğü an içindeki gizli kederi hemen anlamıştı. Bitkin, soluk bir ten, dağınık bir üst baş, ağzından korkuyla ve titreyerek çıkan kelimeler, zayıf bir beden... Neredeyse düşüp bayılacak gibi görünüyordu. Ahmet, tüm korkunç deneyimlerine ve zorlu hayat koşullarına rağmen o hiçbir zaman yitirmediği sıcak ses tonu ve anlatım biçimiyle, Sencer'le diyalog kurmayı başarmış, annesine ulaşmış ve onu okutmak istediğini söyleyerek burs vermeye başlamıştı. O süreçten sonra Sencer sık sık karakola gider gelir, Ahmet'le konuşur olmuştu. İçinde eksik olan sevgiyi onun öğüt ve ağabeyliğinde bulmuştu. İç kanamadan sonra da hastanede tüm olayı hıçkıra hıçkıra ona anlatmıştı. Ahmet, köydeki altmışa yakın kişiyi gözaltına almıştı. Sorguda öğrendikleri karşısında sinir krizleri geçirmiş, zihni paramparça olmuştu. Hayatının tüm döneminde terörle savaşmış, ölümler görmüş, en sevdiği insanları elleriyle toprağa vermişti ama hiçbir dönemde hayattan ve insanlardan bu kadar iğrenmemişti. Kendini topladığı zaman ise çocuğun hayatının kalanını kurtarabilmek için Kürşat'ı aramıştı. Kürşat'ın nasıl başarılı bir pedagog olduğunu biliyordu. Kendine can borcu olan arkadaşını kırmayacağını düşünmüştü. Nitekim Kürşat onun çağrısını hiç tereddüt etmeden kabul etmişti.

Köyde kimse bu istismarı yapanları ayıplamıyor, hatta tam tersine çocuğun akli dengesinin yerinde olmadığını, saçmaladığını, her şeyi kafasından ürettiğini söylüyordu. Ahmet köyde çoktan bir düşmana dönüşmüştü, ancak komutan olduğu için diş geçirilemediğinden, sessiz bir kinle anılıyordu. Sadece muhtara söylemiş olmasına rağmen köy halkı Kürşat'ın neden geldiğini bal gibi biliyordu. Sencer'in psikolojik desteğe ihtiyaç duyduğunu anlamak yerine, 'biz deli demiştik' diyerek Kürşat'ın gelişini buna bağlıyorlardı. Cahillik, istediği her şeye istediği kıyafeti giydirip sonra onu suçlamayı dünyanın her yerinde olduğu gibi burada da sürdürüyordu.

Ahmet, ona doğru yürüyen arkadaşına bakarken eski mutlu günlerin sıcaklığıyla doldu. Uzun boyu, oturaklı vücudu, derin, siyah gözleri, inci gibi dişleri ve herkesi içine alacak sıcak yüzü ile Kürşat'ın hiç değişmemiş yürüyüşüne bakıyordu. Kavuştukları an, her şeyin kaldığı yerden devam ettiğini ifade eden bir sarılmayla kucakladılar birbirlerini. İkisinin de yüzünde açan gülümsemeler özlemlerini açığa çıkartıyordu.

"Barış Manço şarkısı gibi olduk Kürşat."

"Yıllar ikimizden de çok şeyler götürdü," dedi Ahmet kederli bir mutlulukla.

"Bir duygu ne kadar eskirse o kadar güçlü olur Ahmet'im."

Erler iki dostun kavuşma ânını hayretle izlerken, komutanlarını bu kadar mutlu görmenin şaşkınlığıyla birbirlerine fısıldıyorlardı. Komutanlarının merhametli ve dürüst birisi olduğunu hepsi biliyordu. Ancak yıllarca savaşın içinde kalmış, gencecik arkadaşlarını yitirmiş birisinin yüzünün genelde asık olması doğaldı. Duvarların emirlerle kaplı olduğu, azami ciddiyetin olduğu bu düzen birden sıcak bir ânın duygusuyla yumuşadı. Ahmet gülümseyerek arkadaşına odasını gösterdi. Çayların gelmesiyle birlikte Ahmet hızlıca konuya giriş yaptı.

"Çocuk yan odada. Devlet olaya el attı ve bir pedagogu var ama ben senin de ilgilenmeni istedim. En azından bana, neler yapılması gerektiğini söylersen, ben ailesine durum için ricada bulunur, çocuğa yardım etmek için gerekli yolu açarım. Kendi pedagogu gibi uzunca görüşme şansın olmasa bile kısa sürede edindiğin bilgilerde bize ona yardım etme şansı verir. Ailesinden neredeyse yalvararak izin aldım. Çocuk fazlasıyla bitkin ve solgun. Her gördüğümde bana yitirdiğim arkadaşlarımın kalan evlatlarının ağrısından bile daha çok yük oluyor. Bu çocuğu kurtaralım Kürşat. Beni kırmayıp geldiğin için minnettarım."

Kürşat hızlıca gelişen olaylar ve duygular karşısında durumunun zorluk derecesini henüz idrak ediyordu. Bir gün evvel bambaşka bir dünyada iken şimdi kalbine ve omuzlarına küçücük ellerin dağı yüklenivermişti. Ruhunu sarsarak tüm dikkatiyle Ahmet'in kahırlı yüzünden sızan ağrıyı dinliyordu.

"Çocuğu dinledikten sonra süreç daha belirgin olur, ancak gerçek şu ki, bu tür travmaların atlatılması uzun yıllar alır. Bu çok daha büyük bir travma üstelik. Dinlemekle başlayalım."

Kürşat, cümlesinin ardından hemen ayaklandı. Ahmet'in çağırdığı askerin peşinden karakolun sonundaki küçük odaya doğru adımladı. Kapıyı açtığı an yüreğinde bir daha asla unutamayacağı ruhu gördü.

Sencer sonbahar yaprağı gibi savrulmuş bedeni, sapsarı kesilmiş cildi, ağlamaktan güneşin kızıl rengine bürünmüş gözleri, boş ve donuk bakışıyla öylece duruyordu. Bu hayata ait olmayan bir nefesi andırıyordu.

Kolları, kendi tenini kazıdığını belli ediyordu. Yaşadıklarının hıncını tırnak diplerinden avuç içlerine dek kanatarak silmeye çalışmıştı. Odaya birinin girdiğinin bile farkında değildi. Yaşamak, onun dünyasında varlıksız bir duyguya dönmüştü. Çocuk kalbi dünyanın tüm kirini taşımak için son çırpınışlarıyla direniyordu.

Kürşat sandalyesini çekip sessizce varlığının fark edileceği ânı beklemek istedi. Bu ânın asla gelmeyeceğini anladığında, kırılgan ve masum bir ses tonuyla seslendi:

"Merhaba Sencer. Ben Kürşat. Ahmet ağabeyin benden bahsetmiştir. Seninle tanışmak için geldim. Nasılsın?"

Sencer tüm bitkin haliyle başını kaldırarak, kendisine gülümseyen Kürşat'a "İyiyim" demekle yetindi. İyiyim kelimesinin içindeki acı ve kırılganlık çoktan Kürşat'ın kalbini tuzla buz etmişti.

"Bence de iyisin. Ahmet'in bahsettiği kadar güçlüymüşsün gerçekten. Bu kadar iri biri olduğunu düşünmemiştim. Kesin bu köyün en güçlüsü sensin."

"Ben bu köyün cehennemiyim."

"Cehennemin ne olduğunu biliyor musun? Hiç büyüklerinden biriyle bunu konuştunuz mu?"

"Üvey babam öyle olduğumu söyledi. Annem de haklı olduğunu onaylar gibi kafa salladı."

"Cehennem nedir bilir misin? Cehennem, sokakta yaşayan insanın yattığı kartondur. Hayvanlara zarar verendir. Yalan söyleyenlerdir cehennem. Başkasının emeğini çalandır. Dostunu, sevdiğini aldatanın kalbidir cehennem."

Bu sözler Sencer'in dikkatini çekti. Az evvel bir yaprak gibi savrulan kalbi yere indi. Dikkatli gözlerle Kürşat'ı izlemeye başladı.

"Kendine daha çok, 'nasılsın', diye sor. Kalbine nasılsın dediğinde üzgünse onu mutlu olduğu şeylerle doldur. Sevdiği şarkıları fısılda. Ayaklarına 'nasılsın' de. Eğer yorgunsalar onları huzurlu olduğu yerlere götür. Ellerin üzgünse onları mutlu eden şeyleri tut. O zaman birinin sana nasıl olduğunu ya da kim olduğunu söylemesinin önemi kalmaz."

Sencer'in meraklı gözleri birden sesine de karışarak heyecanlı bir ses tonuyla doluverdi: "Peki rüyalarıma da nasılsın diyebilir miyim?" dedi ve sesi ağlamadan önceki son çırpınışla devam etti: "Orada çok üzülüyorum."

Kürşat henüz cevabını veremeden içeri giren Ahmet'i fark etti. Ahmet, Sencer'in gözlerine gülümser bir bakışla;

"Annen seni almaya gelmiş. Kürşat ağabeyin yine seninle konuşacak. Bu bir tanışma olmuş olsun."

Sencer ayağa kalkmadan evvel Kürşat'ın göz bebeklerinin içine derince bakıp gözlerini üç kez art arda kırparak, "İki kirpik üst üste, iki kirpik üst üste" diye seslenip odadan fırladı.

Kürşat buna anlam veremeyip Ahmet'e 'nedir bu' dercesine baktı ve onun başını 'bilmiyorum' edasıyla salladığını gördü. "Artık dinlensem iyi olacak" diyebildi sadece. İç cebindeki cep telefonunu çıkardı. Odanın griliği hafifçe aydınlandı. Parlak ekranın içinden mesaj kısmına girdi. Umay'a titrek yüreğiyle şu mesajı yolladı.

Güzel şeylerin iyi yanı, bittikçe yeniden başlamaları ve asla tükenmeden aynı haz ve aynı tat ile sevilmeleridir. Beni hep tekrar sev.

"

Herkes birinden öğrenir. Kimisi ilk aşktan, kimi ilk ayrılıktan, bazısı ihanetten, bir diğeri babasızlığından, bir başkası sevgisizliğinden, biri tepetaklak olmuş işlerinden, kimi dost kazığından, herkes mutlaka bir parça yalnızlığından öğrenir.
Dersini almayan yenilir.

Çivit mavisi renge boyalı, küçük pencerelerinin önünde çiçekler bezeli, sıcak bir masalı andıran evin içinde, dışarıdan hiç göründüğü gibi olmayan bir hayat sürüyordu.

Sencer, iki göz odalı evinin kendine ait dar alanında yaşamın içine sığışmaya çalışıyordu. Oda kitaplar yığınıydı ve çoğu toz içinde kalmıştı. Sencer'in ruhuna ve kendine sahip çıkamayan annesi ve üvey babası odası içinde pek bir şey yapmıyordu. Küçük bir yatak, tıklım tıkış bir eşya dolabı, yatağın karşısında Sencer'in defalarca kez isyanı sayesinde orada asılı duran bir fotoğraf.

Sencer, ellerini göğsünün üstünde birleştirmiş, gözleri tavana dikili biçimde kanamamak için direniyordu. Gözlerinin önünde devamlı tekrar eden bir sahne oynuyordu. Kürşat'ın söyledikleri, çocuk kalbinde güçlü bir tamire sebep olmuştu. İncinmiş bedenine, parçalanmak için diş geçirilmiş hayatına bir gökkuşağı belirmişti. İki elini sıkarak avuçlarında tuttuğu oydu aslında. Umut!

Şimdi ona sımsıkı sarılı halde, aylardır yapmaktan korktuğu

şeyi yapıyordu. Yatağının tam karşısında duran babasının fotoğrafına bakıyordu. Gözleri parlıyordu.

Olaydan sonra yaşadığı suçluluk duygusu buna engel olmuştu ancak bugün Kürşat'ın cehennem sözleriyle içine dolan ışık onu bir nebze rahatlatmıştı. İçeriden gelen üvey babanın homurdanmaları ve onun için söyledikleri artık kulağına ulaşmıyordu.

Eski günlerdeki gibi babasıyla evinde olmanın huzurunu yaşamakla meşguldü. Çok kötü günler yaşamıştı. O internet kafe, camiide bedenine yapılanlar, ardından maruz bırakıldığı suçluluk psikolojisi, küçük bedenin yaşadığı çaresizlik, korku ve kaygı bozuklukları, tüm bunların yanında sevgisizlik ve bütünüyle canını kanatan yalnız kalma korkusu. Hepsi bu küçük ruha kilitlenmişti. Sencer, yaşıtlarından ve hayatın işleyişine oranla olgundu. Gözlemleri çok güçlü, okumayı aşırı seven oldukça akıllı sözler eden biriydi.

Babasından ona miras kalan tüm kitapları, mektupları notları, öğütleri çok iyi anlamıştı. Bu da onu yaşıtlarının ve yaşamın önünde zeki bir çocuk yapmıştı. Ahmet'in onda gördüğü buydu. Bu sebeple burs vermeye başlamış ve Kürşat'ı da böyle dahil etmişti. Bu parlak yıldızın hayatın içinden kayıp gitmesini istemiyordu.

Uykuya dalmadan evvel her gece yaşadıklarının gözünün önünden geçtiği sahne bu kez tekrarlanmadı Sencer'de. Huzurla örtüldü göz kapakları.

Ahşap bir konağa yerleşmişti Kürşat. Yatağa uzanmış, yaşadığı günü, geçmiş günlerin kederini ve tabii Umay'ı düşünüyordu. Elinde ona karşı hislerini yazdığı defterle birlikte. Bir gün bunu ona vermenin sıcak hayalinide içinde barındırarak. Onda hissettikleri hayatın kalanında mutlu olduğu her şeyden daha anlamlıydı. Uzandığı yataktan doğrularak, defteri kurcalamaya başladı. İlk günden bugüne gelene dek, yaşadıklarını hatırlayıp, sevgisini tazelemek istiyordu yüreği. Bir sayfaya ilişti gözü ve kendi kendine mırıldanmaya başladı.

"Sevdiğim, canım kızım, eğer çiçeğinle konuşmaz isen solar demişti annem. Sen ben de, annemin ellerisin. Kalbin, bunun altını çizsin.

Güzelliğim, sen seversin yaşlı kalpleri, bebek kokusunu, çiçekleri, bir gülüşün ısıttığı kelimeleri, kitap arasında bir yudum sevdayı, omuzunun ve başının arasında bir ruh ile uyumayı. Sen seversin diye topladım ben o kelimeleri hep. Sen seversin diye içimin camları denize baktı. Ellerim kitap koktu. Öp diye çiçeklendim ben hep.

Bahçem benim. Bildiğim en renkli gözlerim. Hiç uzakları düşündün mü? Hiç düşledin mi, bir kıyıda anlatmayı her şeyi, eski salaş bir mekanda sabahlamayı, gerçekten bakmayı bir gözün tam içine, bir kalbin kapısını ardına dek açmayı, hiç düşündün mü sözlerinin ayazını, sevmenin ve sevilmenin sıcak hırkasını, uyurken saçlarına gizlediğim kelimeleri, hiç düşledin mi uzun bir yolu geride bırakıp, iyi ki dediğini? Kalbim benim. Adın sıcacık. Yüzün su gibi temiz aklımda. Kalbimin dizlerine uyumuşsun, ne pırıltılı. Nasıl da mutlu oluyor seninle konuşurken kelimeler fark ettin mi? Hiç fark ettin mi kirpiklerimi? Adını söylediğini, gözlerini milyar kez öptüğünü, hiç fark ettin mi, seni sevmekle başlıyor her şey, seni sevmekle kımıldıyor gemiler, kuşların göğü gülüşünün altı. Fark ettin mi hiç, herkes aşık olur, pek azı aşık kalır. Kalakaldım, serpildim, dikildim, tomurcuklandım.

Yağmurum benim. Aralıksız ve sırılsıklam, ıslanırım diye onlar gibi kaçmadan, korkmadan üşümekten, durmadan ve çoğalarak seviyorum seni. Ömürce saklanacak bir mektup gibi, üstelik defalarca kez hep ilk gibi okunmuş, hep ilk gün ki gibi kokmuş, ilk kez parmaklarından akmış gibi, ilk gün ki gibi güzelsin, tazesin, çoksun.

Canımın çiçeği. Bir şarkı tut, bir bilet bul, bir şiiri zarfa koy, küçük bir duaya sığış benimle. Adınla yürüdüğümü, dünyanın güzel olduğu anı, birlikte ağlayabilecek kadar yakın olmayı, yastığın sana kalan kısmını, beyaz

bir şehri, göğe çıkan balonların arasında dünyaya bakmayı, adını bin kez saymayı asla unutmamalı. Birini gerçekten seviyorsan, onun adından daha değerli bir kelime bulamazsın. Hepsi bu...

Yazının bitiminde içinde sıcak bir duygu oturdu kalbine. Sevdiğinin gözlerinin büyüsü gibi saran, ılık bir gülümseme takındı yüzüne. Kendi yazdığı ve yazmaktan duyduğu huzuru hissedercesine, sevdiğine teşekkür eder gibi beğendiği cümleyi bir daha mırıldandı.

"Birini gerçekten seviyorsan, onun adından daha değerli bir kelime bulamazsın."

Defteri kapadıktan sonra yorgunluğuna rağmen uyumama isteği daha ağır bastı. Restauranta inip bir şeyler içmek için yataktan kalktı. Hızlıca üzerini giyindikten sonra ahşap merdivenleri indi. Restaurantın solunda bulunan şömine önündeki masaya çarptı gözü. Biraz huzur bulmak için nefis görünüyordu. Masaya oturduktan sonra, gülümseyerek gelen garsondan bir bira rica etti. Düşüncelerinin hızını değiştirmek için bir kaçıştı. Bu kaçışı yabancı bir ses böldü.

"Merhabalar. Otelimize hoş geldiniz. Ben mimar, Selim Cem Candemir."

Kürşat, o an pek kimseyle tanışmaya hevesli olmasa da, bu düzgün giyinimli ve sıcak yüzlü adamın, bu köye benzemediğini ilk görüşte anladı. Aynı samimi ifadeyle yanıtladı;

"Merhaba. Kürşat ben de. Memnun oldum. Oturmaz mısınız?"

Cem, her işletme sahibi gibi, sıcak bir sohbetin müşteri memnuniyetinde önemli olduğunu biliyordu. Teklifi geri çevirmeden, karşısındaki sandalyede yerini aldı. Bir kaç saniyelik sessizliğin ardından Cem devam etti.

"Memnun kaldınız mı odanızdan? Herhangi bir sorun ya da bir isteğiniz var mı?"

"Her şey yeterince temiz ve güzel. Güzel bir konak restarosyonu yapmışsınız. Tebrik ederim."

Konuşmanın ortasında gelen garson birayı servis ettikten sonra, Cem'e dönerek;

"Cem Bey, siz bir şey arzu eder misiniz?"

Cem, rahatsızlık vermek istemediğini belirtmek üzereyken, Kürşat hızlıca söze girişti.

"Eşlik etmek isterseniz, memnun olurum."

Cem, "Bir birada ben alayım" diyerek sıcak teklifi memnuniyetle karşıladı.

Kürşat, hem nerede olduğunu anlamaya çalışıyor, hem bilmediği olayların içinde kendine tanıdık bir nefes bulma umudu arıyordu. Aklının doluluğunu biraz olsun rahatlatacak kısa süreli bir arkadaş. Cem bir kurtarıcı gibi gelmiş oldu.

"Tatil için mi geldiniz Kürşat Bey?"

"Bir çocuk istismarı olayı için komutan Ahmet'in ricası üzerine, bir nevi danışmanlık için geldim."

Bu sözlerin ardından Cem'in yüzünün ekşimesi, Kürşat'ın gözünden kaçmadı. Cem, öfkeye batırılmış sözlerini hiç çekinmeden sıraladı.

"Burası o kadar doğal güzelliğe sahip olmasına rağmen malesef köhne ve cahil kalmış bir bölge. Çevresinin gelişiminden hiç nasiplenmediği gibi, normalde köy hayatında olan saygı ve edepte ne yazık ki burada unutulmuş."

"Duymuş muydunuz olayı?"

"Günlerdir içimizden bunu kusuyoruz. Burası zaten sadece konuşarak var olduğunu sanan insanların çevirdiği bir yer. Oysa turizm merkezi olacak bir bölge ama bu zihniyet burayı çürütüyor. Çocuk için ciddi anlamda üzüntü taşıyoruz hepimiz. İnsan olarak bundan zarar görmemek mümkün değil."

Cem öfkesini kelimelerle yumuşak tutarak örtmeye çalışsada yüz ifadesi ve ses tonu içinde çok daha sert söylemlerin olduğunu belirgin ediyordu. Birasından aldığı yudumlarda öfkeyi bastırmaya çalıştığının delili oluyordu. Kürşat, Cem'in sözlerinin ardından sadece şöminenin ateşine bakmayı yeğledi. Zor bir duruma düştüğünü biliyor ama şu an henüz kafa olarak bu konunun içinde bulunamıyordu. Biraz ateşi izledikten sonra, bir cevap vermesi gerekliliğinden ötürü ve Cem'in öfkesinin artmaması sebebiyle kısa bir yanıt verdi.

"İnsan kalmak bir zanaat."

Birası bittikten sonra Cem müsade isteyip ayrılmış, Kürşat ise odasına doğru yürüyordu. Ahşap merdivenleri aştıktan sonra, kendi odasına doğru adımladı. İçeri girer girmez alkolünde verdiği rahatlama ile üstünü değiştirdi. Keyifle yatağa uzandı. Yanı başında duran defteri açarak, bir şeyler karalamak istedi. Kalemin yumuşak ucu, yüreğine eşlik etti.

"İnsan kalbi, bir bakışa hüzünlenir. Bir gülüşe, içi çocuk parkına gider, bir kelime ile kırlara uzanır. Bir avucun içinde uyur koca ruh, bir omuza sığınır ev gibi, bir dizi anne bilir, bir sarılmayı huzur kılar. Gel lütfen, içimin çiçeği açsın. Gel, dağılsın canımın evine adın. Aklıma yağ, durmadan. Gözlerin hep bir yaşında gibi gülsün."

Kalem, defterin arasına sarıldıktan sonra, Kürşat artık tükenmiş bedenini ve yorgun aklını susturarak gözlerinde Umay'ın yüzüyle uykuya daldı.

Sencer, okulun arka sırasında hiç dikkat çekmemeye çalışarak oturuyor ancak herkesin ona baktığını ve onu konuştuğunu biliyordu. Okul yönetimi ve öğretmenleri onun içinden eleni geleni yapsa da çocukların dünyası masum olduğu kadar, akla ilk geleni söylemek gibi bir acımasızlığa da sahipti. Evlerinde konuşulanları, rahatça okulda bağıra çağıra saçabiliyor ve bunun sonuçlarını haklı olarak bilmiyorlardı. Sencer ise tüm bunların arasında olan biteni donuk ve üzgünce izleyebiliyordu yalnızca. Başarılı bir öğrenci olmaktan başka bir şeyle ilgilenmemeye gayret ediyordu. Bir de gözlerini onu hiç yadırgamayan ve asla alay etmeyen Elfida'ya tutuyordu.

Onun en özel insanıydı burada. Hiçbir toz konmamıştı yüreğine. Sencer gibi diğerlerinden farklıydı o da ve Sencer'e en yakın kişiydi. Sencer'in konuştuğu ve kendi olduğunu hissettiği tek arkadaşıydı. Tenefüs zilinin çalmasıyla birlikte, o göz Sencer'e doğru yaklaştı.

"Nasılsın Sencer?"

Sencer heyecanlanmış kalbi ve utangaç tavrıyla;

"İyi işte. Sen nasılsın?"

"İyiyim ben de. Okuldan sonra beni bekle seni bir yere götüreceğim. Kimseye söylemek yok ama tamam mı?"

Sencer, bu köyde kalbine en sıcak tuttuğu Elfida'nın gözlerine heyecan ve koca bir gülümsemeyle bakarak 'tamam' dedi.

Öğretmenin sınıfa girişiyle Elfida sırasına, Sencer'de arka sıradaki tek başınalığına döndü. Öğretmeni diğer arkadaşlarıyla onu yakın ve kalabalık tutarak yardımcı olmak istese de Sencer bunu reddediyor ve doğal olarak yalnızlığa kaçıyordu. Bu tamiri zor ve hassas durum herkes içinde bir kaygı oluşturuyor, gözleri Sencer'in üzerinde olduğu müddetçede baskıyı arttırıyordu. O yüzden bu duruma artık müdahale etmemeye karar vermişlerdi.

Öğretmen derse başladığı an ise, Sencer çoktan kendi içine dönmüştü. Bir yandan öğretmenin anlattıklarına kulak kesiyor, diğer yandan defterini bastırılmış öfkesiyle siyaha boyuyordu. Dersin sonuna doğru öğretmenleri her zaman yaptığı gibi onlara öğretici olmasını umduğu bir yazıyı okuyacağını söyledi. Gözleri defteri karalayan Sencer'e ilişti. Gözlerini üzerinde gezdirip, derse odaklanmasını sağladı. Sencer, elini çenesine koyarak, derse odaklandı. Öğretmen, tüm sınıfın sessizliğini sağladıktan sonra masasında duran kitabı aldı. Tahtanın tam önüne geçip, konuşmaya başladı.

"Hepimiz için, en önemli öğrenme biçimi okumaktır çocuklar. Önce iyi birer insan, ardından yarın iyi birer anne baba olmamız için bu şart. Birbirimizi anlamak ve birbirimizi sevmenin daha naif halini bulmak için her zaman ve hiç durmadan kitap okumalıyız. Bu en büyük ihtiyacımız."

Ardından açtığı kitabın bir parçasını okumaya başladı.

Her zaman dışı bilinen ancak içerisi merak uyandıran biri gibi yaşa. Seni susmuşluğundan bilsinler.

Hep bir tarafın gizli dursun. Hep söylemediğin birkaç söz, anlatmadığın yanın olsun. Sürekli ulaşmak istedikleri. Seni keşfedilmemiş bilsinler.

Öyle içten gülümseyerek konuş ki, yüzün çıksa

kalplerinden, gülüşün silinmesin içlerinden.

Seni mutluluğundan bilsinler.

En sevdiğin şarkıyı ezberlet. Kulaklarına sürekli

tekrar et. Nerede çalsa, onun şarkısı desinler. Seni kendi şarkının sözlerinden bilsinler. Nerede karamsar hava bulsan, gir dağıt bulutları. İyi gelecek hisler sun hayatındakilere. Seni umudundan bilsinler.

İnsanlara mutsuzken omzunu, dara düştüklerinde cebini, yardıma ihtiyaç duyduklarında elini aç. Seni dostluğundan bilsinler.

Severken iki avucunla, öperken tüm canınla, sarılırken tüm

gücünle sarıl. Seni sevginden bilsinler.

Kırdıklarında affederek, yalan söylediklerinde duymayarak, üzmek istediklerinde karşılık vermeyerek geç hayatlarından. Seni sabrından bilsinler.

Kimseden işittiğini başkasına söyleme.

Sana anlatılanı sar, sakla. Seni sırdaşlığından bilsinler.

Ne zaman düşsen, canın yansa, dertler üstüne

gelse, yine de dik dur. Seni güçlü oluşundan bilsinler.

Dedikodulara, yalanlara, kötü niyet taşıyanlara duvar olsun kalbin. Seni karakterinden bilsinler.

Kalabalığın içinde neşeyle yürü. En küçük şeylerin, en büyük değerler olduğunu öğren. Daima küçük kalsın acıların. Umutların ise en büyük. Seni çocuk yanlarından bilsinler.

Anne ve babana karşı daima saygılı, nazik, dürüst ve sevecen ol. Seni aile bağının kuvvetinden bilsinler.

İşin ne olursan olsun, sanatçı gibi yap. Temiz, düzenli, hakkın ve terinle kazan. Seni ahlâkından bilsinler.

En kötü hapishane insanın beynidir. Sürekli oku, düşün, anla, empati yap. Ölçerek karar ver. Haklıdan yana olsun terazin. Seni adaletinden bilsinler.

Ne geçmişe dönük yaşa, ne de sadece yarını

düşünüp bugünü harca. Seni tutarlılığından bilsinler.

Mutlaka üret. En çok insan için. Bir ağaç dik, bir

küçük canlının kaderini değiştir, birisi için kahraman ol.

Sen gittiğinde, seni bıraktığın izden bilsinler.

Okumayı bitirmesinin ardından el hareketiyle Sencer'i yanına çağırdı. Başta durumu fark bile edemeyen Sencer arkadaşlarının yüzünün ona dönüşüyle, ani bir hızla öğretmenine doğru yöneldi. Meraklı gözleri, ürkek yüreğiyle öğretmeninin yanına vardı.

"Oğlum, iyi misin? Çok solgun duruyorsun, eve gitmek ister misin?

Bu soru karşısında hiç tereddüt etmeden 'evet' yanıtını verdi.

"Bugün Ahmet komutan geldi onunla görüştük. Kürşat bey gelmiş, sana yardımcı olmak için. Bu yüzden sana bir hafta özel izin vereceğiz. Bugünde erken çık, ben müdür beyle konuşurum. Derslerini merak etme. Sen zaten başarılı çocuksun, hemen yetişirsin arkadaşlarına. Bir şey paylaşmak ya da konuşmak istersen bizler hep buradayız. Unutma olur mu? Seni seviyoruz."

Sencer, sıkılgan ve mahçupluğunu kaçırdığı gözleriyle, yumuşak bir sesle cevap verdi.

"Ben de sizi seviyorum öğretmenim."

"Hadi çantanı al, ben de müdür beyle görüşeyim, evine git dinlen."

Sencer sırasına doğru dönerken, üstüne dönük gözlere hiç aldırmadı. Çantasını topladığı gibi, sırtına attı. Elfida'nın sırasının yanından geçerken yavaşlayarak, duyacağı şekilde mırıldandı.

"Bizim evin önünden geç. Oradan söylediğin yere gideriz Elfida."

Ahmet karakolda gece nöbetinin sonunda masaya yığılmış bir biçimde uyuyordu. Kahvesini getiren erin açtığı kapı sesiyle birlikte irkilerek yandı. Erin bıyık altından gülüşüne, göz ucuyla bakarak, kendi haline o da gülümsedi. Günlerdir yorgunluktan ölüyordu. Baskı altındaydı ve büyük bir sorumluluğun altına girmişti ancak kişiliği ve duruşu bundan vazgeçmesine engel olamazdı. Kahvesini masaya koyan er, kapıdan ayrılmak üzereyken;

"Asker!" diye seslendi.

"Emredin, komutanım!"

"Önemli nedir sence?"

Er soru karşısında affallamış bir biçimde, düşünceli halde Ahmet'e donuk olarak bakıyordu. Kısa bir düşünmenin ardından korkak bir ifadeyle;

"Hayattır herhalde komutanım."

"Peki asker."

Asker baş selamından sonra odadan ayrılırken, gördüğü sıcaklığın karşısında merakına yenik düşerek, bir anlık cesaretle sordu.

"Sizce nedir komutanım?"

Ahmet, önce şaşırıp ardından cesaretini takdir ettiği askerine şefkatli bir bakış atıp, anlattı.

"Sevdiği kadının adını söyleyince pişman olan ve "Yazman gurban olayım, sevda sırrınan olur" diyen Neşet Ertaş'tır. Çadır evde yaşayan, binbir güçlükle büyüyen ve vatan uğruna şehit olan erlerdir. Kızı okusun diye bulaşıkçılık yapan, okullarda yerleri silen hademe ablalardır. Toprağı uykudan uyandırıp, evimize aş olan terlerdir. Eşi hasta olunca her gece çıktığı kahvede "Hanım hasta. Ne ederim ben onsuz. Nasıl iyi ederim onu şu nasır tutan ellere para vermeyenlerle" diyen Muhsin Abi'dir. Sınırda memur olup tüm rüşvet yiyen arkadaşları en iyi araçlara, evlere ve nakte sahip iken helalinden dolmuşa binen bizim Kel Veli'dir önemli. Yıkık viran bir köy okulunu, çiçek bahçesine çeviren öğretmendir önemli. Kızının saçını ören baba, on yıllık evli eşini hala bahar tomurcuğu gibi seven kalptir önemli. Sabahları herkesten evvel uyanıp belini bükerek yerleri, sokakları temiz kılan insanlarımızın gülümseyişidir önemli. Bir kitabın ilk sayfasını açıp okumaya başlayan parmaklardır. Affetmeyi, ahlak üstünlüğü sayanlardır. "İnsan, en çok seviyorken insan ve en çok vicdanlıyken kendisidir" diyen dildir önemli. İnan markalar, egolar, hırs zihinleri ve kötülük çürüyecek."

Konuşmanın ağırlığını kavrayamamış olan asker, Ahmet'in

sözlerinin ardından biraz da ortamı neşelendirmek adına hafif gülümseyle cevap verdi.

"Komutanım, bir de şafak önemli. Atarsa yüz yirmi."

Ahmet, askerin derdinin haklılığına onay verir biçimde gülümsedi.

"Haklısın, senin için en önemlisi şu an şafak."

Ardından eliyle çıkabilirsin dercesine kapıyı gösterdi. Koltuğuna yaslanıp, kahvesinden bir yudum aldı. Aklı Kürşat'taydı ama saat erken olduğu için henüz uyanmamış olacağını düşünerek aramak istemedi. Uzun yolculuğun ardından ve ricayla gelen birini sabahın köründe ayaklandırmak pekte şık olmazdı.

Kahvesini eline alıp, ağızına bir Neşet Ertaş türküsü tutturarak bahçeye doğru yöneldi. Askerlerin gülümser bakışlarını görünce türkünün sesini arttırdı. Bahçedeki nöbet klübesine varınca duvara yaslandı. Keyfi yerindeydi. Kürşat'ın ona büyük yardım edeceğine inanıyor, Sencer'i kurtaracak olmanında huzurunu yaşıyordu. Bu keyfi karşıdan gelen muhtarı görmesiyle biraz gölgelendi. Homurdanarak gelen muhtar, baş selamı vererek;

"Komutanım müsaitseniz iki lafın belini kıralım."

"Buyur gel Muhtar."

Demir kapıyı açarak içeri giren Muhtar, telaşlı bir hali andırıyordu. Ahmet yüzünden bunu rahatlıkla okuduğu için, söze hızlı bir giriş yaptı.

"Hayır olsun Muhtar, nedir bu heyecanın?"

"Komutanım, şu deli çocuğun olayından beri köy halkı huzursuz. Çoğu ev erkeksiz kaldı. Haksız yere çok kişi içeri düştü biliyorsunuz."

Muhtar henüz daha sözlerini bile tamamlayamışken, Ahmet'in keyfi yerini sert bir asker bakışına ve sesi o çevikliğe ulaştı.

"Muhtar! Ağızını kulağın işitmiyor!"

"Birincisi çocuk deli değil. Hepinizden akıllı. İkincisi ortada raporla kanıtlanmış bir istismar ve üçüncüsü çoğunuzda vicdan ve ahlak eksikliği var."

Muhtar, komutanın hiddetli halinden korksada köylünün mantığıyla yaşayan biriydi. Burada kalıcıydı ve kendi çıkarları için onların avukatlığını yapmaya çalışıyordu. Tosladığı kayanın sertliğinin farkındaydı ve üstelik bir de başlarına dışarıdan gelmi bir pedagog çıkmıştı. Köyde huzursuzluk üst safada ve herkesin ağzında tüm gün bu konu vardı.

Muhtar, komutanın sözlerinin üstüne biraz ürksede yine de inadını sürdürdü.

"Biz ufaklıktan tanırız onu. Hep böyle idi. Yalnız gezer, kimseye sokulmaz. Soğuk çocuk zaten. Babasızlıkta onu böyle etti bence."

Komutan, muhtarın densizliğine katlanamıyor ancak görevi gereği ileride gitmek istemiyordu. Bu adamı normal şartlar altında yere sererdi. Ömrü vatan uğruna görevle geçmiş bir adam, karşısında çocuk istismarını savunan ve arsızca yalan söyleyen birini sindiremiyordu.

Yine de kendinden ödün vermemeye kararlıydı. Yaptıklarıda bunun en net kanıtıydı.

"Muhtar, olay adli süreçte. Kanıtlar ortada, ifadeler ortada. Gerisini adalet belirleyecek. Bence asıl tedirgin olmanız gereken şey, bu köydeki çürümüşlük. Unutmayın, sizler de çocuk sahibisiniz ve bu köy sizin! Ayrıca yeni ifade, tanık ya da delil çıkar ise geriside gelir. Kimseden çekinecek değiliz. O çocuk bu ülkenin çocuğu ve ben de bu vatanın evladıyım. Gereken yapılacak. Nefes tüketmeyin. Kahvede çay söyler gibi, bunlarıda onlara söyle."

Muhtar, sözlerin ardından küçülmüştü ama pişkinliğinden bir şey kaybetmemişe benziyordu. Ahmet, sözü bitirir bitirmez kovarcasına devam etti.

"Takdir edersiniz ki, mesaiimiz var Muhtar. Sizin de başlamış olmanız gerekiyor sanırım. İyi günler size."

Muhtar, son cümleden sonra başını sallayarak hiç vazgeçmeyeceğini anlatırcasına;

"İyi günler komutan!"

Ahmet, daha cevabı duymadan çoktan karakola doğru yürümeye başlamıştı bile. Az evvel kaçan keyfini toplayıp, türküye askerlerin korkmuş bakışlarına gülümseyerek devam etti.

"Tatlı dillim, güler yüzlüm, e ceylan gözlüm.

Göğnüm hep seni arıyor, neredesin sen?"

"

Kendisiyle kalbi, hisleri, umutları,
hayalleri, yalnızlığı ve mutluluğuyla
hayata devam ederek konuşmalı insan.
Ardında bırakmalı ağrıyı.
İnsan, arada dizlerini karnına kadar
çekmiş yanıyla içinde yolculuğa
çıkabilmeli.
Belki her şey daha iyi olur.
Belki başka bir hayat mümkündür.

Can, bir sıvı tanesidir. Hayatta mucize ve kurtuluş arayan herkes sadece bunu hatırlayarak bile bir başlangıç yapabilir. İnsan, kendine kulaç atmaya başladığı an hayatın ne kadar mavi olduğunu fark ediyor. En büyük keşfimiz kendimize. Doğduğumuz andan itibaren arayıp durduğumuz, 'biri gelip beni kurtarsın' diye söylendiğimiz biziz. Yüzüp yüzüp bulamadığımız o inci bizde saklı. Kalbimizi açtığımız, kendimizi anladığımız an parıldıyor. İnsanın yalnızca aynaya bakması ve kendi varoluşunun büyüsünü kavraması dahi kendi hikâyesine başlamak için ilk adımıdır.

Kızarmış ve üşümüş yüzü, az evvel şakır şakır yağmış gözleriyle Umay'ın düşündüğü de tam buydu. Evinin hemen altındaki kafede kahvesini yudumlarken aklını bunlar kurcalıyordu. Esnafın sağlı sollu bağırışları, kaldırımlardan yükselen topuk sesleri, birbirine çarparak ilerleyen insanlar gözlerinin önünde hızla oynatılan bir film gibi geçiyor, yüreğine çarparak tekrar ait oldukları hayata dönüyorlardı.

İnsanın kendine acıdığı, korktuğu, yüreğine sürekli kaynar

su gibi inen telaşların olduğu bir ağrıyla doluydu vücudu. En sevdiğiniz insanın sizden gidişi ya da bir süre bile olsa uzaklaşışı sizi güçsüz kılıyor, yürek bir kuş gibi tedirginlikle doluyordu. Umay, bu düşüşün içinde ağrıyordu. İnsanın kendi içindeki uçuruma yuvarlandığı ve ayağa kalkması için gerekenin bu olduğu o büyülü sancıdaydı. Öğrendiği vakit, sevgiyi artık tam manasıyla ruhuna işlemiş olacaktı. Hiçbir şeyin eskisi gibi olmayacağı yolun ilk adımındaydı...

Umay, başını kaldırıp karşıya baktığı an gülümseyişi parladı. Her zamanki rahatlığı ve bilmişliğiyle, daima aynı sokak lambasının altında oturan Şekerli'ye ilişti gözü. Biçimsiz ve omzuna dek uzayıp dağılmış saçları, yuvarlak yüzü, iri kirpikleri ve uzunca boyu ile bir lord gibi orada duruyordu. Elinde her zamanki gibi sahaflardan alınmış bir kitap ve yanı başında kimi mahallelinin kovaladığı, kimininse bağrına bastığı kedisi Gazoz'u ile beraberdi. Onun en iyi arkadaşıydı.

Şekerli, birçoğuna göre bir deli, kimine göre filozoftu. Aklıyla ve sürekli insanlara nara gibi attığı öğütleriyle bir şekilde herkesin tanıdığı bir simaydı; diğer yandan insanlar deli demeye çekindikleri için ona Şekerli adını vermişlerdi, kimsesizdi. Bir hikâyesi olduğu tahmin ediliyordu, ancak gerçekte kim olduğu, ne yaşadığı, neden burada durduğu hakkında kesin bir bilgiye sahip olan yoktu. Her tanıyan kendince bir kıyafet giydiriyordu ona. Kimi çok âşık olduğu için böyle birisine dönüştüğünü, kimi eskiden çok zengin biriyken o hayattan sıkıldığını ve kendisini bu sokağa attığını düşünüyordu; kimi ise çok düşünmekten bu hale geldiği efsanesine inanıyordu. Kimi esnaf sevmese de, mahallenin simgesi, ortak değeriydi. Herkesin koruyup sakındığı, varlığına değer verdiği ve kıymetli saydığıydı. Bir şekilde herkesin yaşamına dokunmuş, kimini öğütleriyle, kimini derdini anlayıp hediye ettiği kitaplarla, kimini sadece insanlığıyla iyileştirmişti.

Herkesin vicdanına ve hayatına seslenendi o. Koltuğundan ayağa kalkar, ayakucuna kıvrılan canından çok sevdiği kedisine bakar, ardından orada yaşayan, oradan geçen herkese bağıra bağıra anlatmaya başlardı Şekerli. Bazen kalplerine, bazen gözyaşlarına, bazen aşklarına, bazen kendi kendilerine sorup bulamadıklarına cevap olurdu. Kelimeleri konfeti gibi patlatıp herkesin yüzüne gülümseme katar yahut kar tanesi gibi yağdırarak insanların tenine işlerdi. Bembeyazdı kalbi. Küçük yaşam telaşlarının arasında nefes gibi gelirdi insanların kalplerine ve ruhlarına.

Umay kahvesini yudumlarken tüm bu çarpışmaların arasından kendi içine doğru sızdı yine. Sigarasının ciğerine dolan dumanını savurur gibi savurdu dertlerini. Ayağa kalkan Şekerli ile göz göze geldi, 'haydi başla' der gibi gülümsedi. Kendisine göz kırpan dostu ile en sevdiği seremoninin başlayışını seyre dalmak için keyifle yaslandı sandalyesine.

Şekerli dosdoğru duruşu, uzayan ve dağılmış saçlarını kulağının arkasına atışıyla, koşuşturan, farkında olmayan, kendini ve yaşam arzusunu unutan kalabalığa haykırdı:

"Bayanlar ve baylar! Ben onların gördüğü ve söylediği şekliyle Şekerli. İnsanları görünüşleri, üstlerindeki kıyafetler, mezun oldukları okullar, çalıştıkları işler, mal varlıkları, unvanları, okudukları kitaplar, birlikte oldukları insanlar, aileleri, sahip oldukları ya da sahip olamadıklarıyla tanıdığınızı sanıyorsunuz ama yanılıyorsunuz. Bir insanı tanımak için garsona nasıl davrandığına, eski hikâyelerini anlatırken takındığı tavra, geçmişine duyduğu saygıya, elinde yokken ne kadar paylaştığına, başkası adına ne kadar sevinip mutlu olduğuna, kendinden güçsüz ve ihtiyacı olanlara yaptığı yardımlara, canınız yandığı vakit ne kadar candan yaklaştığına bakmak yeter. İstediği kadar şiir okusun, serveti yığılı ya da en güzeli olsun. Sonu bellidir. Sadece meyveler değil, bazen insanlar da olmaz. Ham kalır. İnsani vasıflarına ve karakterine göre seçmediğiniz her insan, gün gelir sizin karakterinize çamurlaşır. Üstünüze sıçrar davranışları ve unutulmaz bir leke bırakır ruhunuzun derininde. Bayanlar ve baylar, kedim Gazoz sizleri selamlıyor. Ben deli değilim. Ben deli değilim!"

Şekerli tüm söylediklerinin ardından hiçbir şey olmamış gibi yerine oturduğunda, yanına ilişen Umay'ın alkışlarına şahit olup başını çevirdi. Mutlu gözleri, bir çiçek yaprağını andıran kirpikleriyle ona bakıyordu.

"Şekerli, sen bu mahallenin kaldırımda açan vicdan çiçeğisin biliyorsun değil mi? Kimse senin kopartılmana izin vermez."

Şekerli tüm bilmiş tavrından uzak, hayatın verdiği kırgınlık, yorgunluk ve hayal kırıklığıyla mırıldanmaya başladı:

"Baksana şu insanlara, nasıl birbirlerine çarparak yürüyorlar ve umurlarında bile olmuyor. Öyle kendimizle kalmışız ki, koştururken ne kırıp döktüklerimizi görüyor, ne geçip eskittiğimiz yolları değerli kılıyor, ne de yaşadıklarımızı kıymetli sayıyoruz. Sürekli bir açlık halindeyiz. Yedikçe daha çoğu için çıldırıyoruz. Dünyadan geçip gittiğimizin farkına varmadan azar azar ölüyoruz. En büyük derdimiz aşk; tek merak ettiğimiz, şehir şehir gezen ünlülerin ne yediği içtiği, bir televizyon ekranında gösterilen gevşek gevşek hikâyeler. Bir tür hapis yaşadığımızın farkında değiliz.

"Çevremizde bize ihtiyacı olan, bizim ihtiyaç duyduğumuz her türlü canlıdan uzak, kendimizi sevmekte yüce, başka bir canlıya sevgi göstermekte aciziz. Hep 'ben çok iyi niyetliyim, ondan kaybediyorum' yalanı işgal etmiş içimizi. Herkes haklı. Herkes, 'seni incittim' diyemeyecek kadar egoya boğulmuş. Özür dilemek, teşekkür etmek, karşılıksız sevmek, hayvan severken bile ya kedici ya da yalnızca köpek seven olmak. Diğer tüm hayvanların kıymeti hükümsüz. İşçi ölümleri, fidan gibi gençlerimizin toprağa düşmesi, empati duymak, bizim gibi düşünmeyeni düşman saymamak, her türlü bayağılığı yapan 'popülerlerden' çok çoook daha az önemli. Yıllık on altı milyon kazanan futbolcu kendini yere atar, küfrü hakem yer. Kimse futbolcuya 'karakter' sorgusu yapmaz. 'Utanmıyor musun milyonlarca insanın değerini çalmaya' diye sormaz. Yeter ki kazanan olsun. Nasıl olduğunun önemi yok. Yalnızca gördüğüne hayranlık, yalnızca güzele âşık, yalnızca 'ben yürüyeyim de gerisi ne olursa olsun'culuk. Bir gün sırf 'kilolu' diye oyuna alınmayan o küçük çocuğu konuşmayan ve korumayan yarın oraya geçtiğinde ağlamasın. İnsana, insan gerek. Yalnızca severek, beraber, her türlü haksızlığa birlikte bağırarak mümkün. İnsan kimdir? 'Eşref-i mahluktur'. Yani yaratılmışların en kıymetlisi. Öyle mi peki? Öyle mi Umay?"

Üzülme der gibi baktı Umay. Gözleri ona sarılmak istiyor ama bunun o ânı iyileştirmeyeceğini biliyordu. Yüreğinin içinden gelen masumlukla kelimeleri pırıldadı:

"Seni seviyorum be Şekerli'ciğim."

Şekerli'nin kederi biraz da olsa silindi, hafifçe gülümsedi ve yine çokbilmiş haline dönerek yanıtladı:

"Kalbin kaderin olsun."

Umay, Şekerli'nin yanına doğru eğilerek ellerini avuçları içine alıp, üzülmüş dostunu bir anne şefkatiyle teselli etmeye başladı:

"Kötülüğün mazeretleri vardır, iyilerin ise sebepleri olur. Tecavüz eden adama göre kadının giyinişi tahriktir. O mazeretle bu iğrençliği yapmıştır. Çocuğunu döven baba, gürültü çıkardığından ötürü ona eğitim vermek için yaptığını savunur. Hırsıza göre iş yoktur, yalancıya göre aslında doğrusu odur. Aldatanın mazereti, bir anlık yanılgıdır. İyilik edip bundan güçlenenler ise 'ihtiyacı vardı, vermeliydim' der. 'Elimdeki bolluğu bir yerlere saklamak yerine niye paylaşmayayım ki' diye sorar vicdanına, insanlığına. Beni seveni bir buket çiçek ile mutlu etmeliyim. Anlatma gereği duyan dostuma kulak vermeliyim. Ailemi ne yaşarsam yaşayayım sakınmalıyım. Yaşı benden büyük olanın eskittiği yıllara saygı göstermeliyim. İyilik mutlaka büyür, gelişir, serpilir ve fayda verir. Kötülük ise er veya geç mazeretinin karanlığında acıya hapsolur."

Şekerli, başını 'biliyorum' edasıyla salladı. Umay'ın elindeki mektuba gitti gözleri. Ağlamaktan kurumuş gözlerine, titreyen ellerine bakarak yanından ayrılışını izledi. Koltuğuna yaslanarak, okuduğu kitaba kaldığı yerden devam etti. Okuduğu son cümlenin altını, kalbiyle kalın bir çizgiyle çizdi.

"Ben bu kulaklara göre ağız değilim."

Temiz çarşafın üstüne yığılmış olmanın huzurunu taşıyordu Umay. Bunca ağrının ardından, kendi iç muhasebesinde sevgi ve geçmiş arasındaki ipte bir cambaz gibi oynuyordu. Kürşat'ın giderken bıraktığı mektubu hâlâ açamamıştı, ona söyledikleri hakkında neler hissettiğini düşünmekten kendini alamıyordu. Ruhu yaralıydı. Geçmişinden hâlâ kan sızıyordu. Unuttum sanmıştı, ancak hâlâ tazeydi ağrıları. Hayatında Kürşat vardı ama aynı oranda da yoktu. Geçip giden, yürüyen insanlarla doluydu etrafı, ancak hepsi illüzyondu. Hiç sahip çıkılmadığı için hiç kimseye sahip olamıyordu artık. 'Ben özgürken Umay'ım' demişti bir keresinde ona. Kürşat'ın kalbinde yarattığı tahribatı düşünmemişti hiç, ancak kendisini en iyi anlattığını düşündüğü cümle buydu.

Hiç arkadaşı yoktu. Olduğunu sandıkları ise sadece birer sayıydı. Hepsi kendi hayatlarındaydı. O sadece bazı anlar onlara katılıyordu. Kendi yalnızlığını aldattığı, yaptığı hatalara mazeret bulduğu oyunuydu bu. Evinde sevgi görmemişti. Babasının hakaretleri ve korkularla büyümüştü. Bir defasında babasının dayağından kaçmak için dakikalarca koşmuş, taşların ardına gizlenmiş, dalağı patlama noktasına gelerek bayılmıştı. Ardından erken yaşta evlendirilmiş, sonrasında da kocasından gördüğü şiddet yüzünden yaşadığı şehri terk etmişti.

Yüreği merhamet doluydu oysa. Şefkatliydi. Ellerinin dokunduğu her şey şifalanırdı. Henüz yirmili yaşlarının ortasındaydı. Köklü bir üniversiteden mezun, özgüveni yerinde biriydi. İlkyaz rengi gözlere sahipti. Güzel, oturaklı bir çene yapısı, iri, kiraz dudakları vardı. Uzun bir boya, dünyanın en güzel boynuna sahipti. Köprücük kemikleri bütün yıldızlardan güzeldi, izlemekten hiç usanılmayacak kadar güzel. Terk ettiği her şeyi galibiyet sayar olmuştu. Hayatı yendiğine böyle inanıyordu. Bu sayede güçlü olduğuna ikna ediyordu ruhunu. Oysa hasta düşse, başına ıslak havlu koyacak gerçek bir dostu yoktu.

Kısa süre önce tanışmışlardı Kürşat'la. Her şey hızlı ve temiz başlamıştı. Okudukları kitaplar, insani değerlere bakış açıları, birbirlerine söylemek istedikleri benzerdi.

"Bir elmanın iki yarısı olmamıza gerek yok" demişti, Kürşat. "İki farklı elma olup yine güzel durabiliriz. Yeter ki beraber olalım."

Ancak Umay'ın hâlâ herhangi birine bağlılık duyamayacağı geçen zamanla birlikte gitgide anlaşılmıştı. Kürşat'ı ne tam anlamıyla silebiliyor ne de bütünüyle yüreğine ekebiliyordu. Birkaç kez yalan söylemiş, iki kere de ayrılmak isteyip sonra yine Kürşat'a tutunmuştu.

Kalbi karar verme konusunda zayıftı. Bu zayıflığı Kürşat'ın ruhunun toprağını paramparça ediyor, ancak Umay bunu hâlâ fark edemiyordu. Geçmemiş ağrıları, erkeklerden üstüne kalan kir hâlâ temizlenmemişti. Herhangi bir yüreği henüz tutamıyordu elleri.

Yataktan kalkıp küçük evinin içinde öylece dolanıyordu. Ne yapacağını bilmeyen bir kuş gibi, sağa sola çarpıyordu kalbi. Yaşadıkları her ânı seviyor, aynı oranda da yalnız olmak istiyordu. Elindeki zarfla koltuğun üstüne yığıldı. Gözleri tavana dikili, yaşadıklarını, kalbindeki defterleri, gelecek kaygısını, kim olduğunu ve kim olmak istediğini sordu kendisine. Hiçbirine yanıt bulamadı.

Mutfağa doğru ilerledi. Aklındaki cümleleri kurcalıyor, yaşadıkları anları anımsıyor, bir karar vermek istiyordu. Aynı zamanda da elindeki mektubun içeriğini merak ediyordu. Kaynayan suya poşet çayı bıraktı. Az evvel yığıldığı koltuğa dönerek bağdaş kurup oturdu. İncitmeden zarfı açıp okumaya başladı.

Sevgilim,
Güldün.
Güldüğün zaman duran kalbimden yazıyorum.
Dinle!
Gözlerinle, kirpiklerinle, ellerinle dinle!
Ellerini seviyorum.

Sevgilim,
Her şey hep güzel olmaz, olmayacak.
Ben yine de her gece uyanıp üstünü örten olacağım.
Sabah aynaya, 'düşündüm de en güzel şey sensin' yazan.
Okuduğun kitabın arasına ayraç diye çikolata koyan.
Kediye sen bak lütfen.
Bir de şey, gözlerini seviyorum.
Küçücük, umut ışıklarım onlar benim.

Sevgilim,
Güzel bir ev, az eşya, çok sen.
Saçlarını da seviyorum, çokça hem de!
Çok çokça! Çocukça yüreğimdesin.
Daha önce hiç bahar omzumda uyumamıştı.

Sevgilim,
Dilimin en güzel kıyafetisin.
Yüreğime örttüğüm en güzel yüz.
Kirpiklerime ne zaman sarılacaksın?
Kaç yıldır uykusuz sana her tanesi.
Saçıma düşen yağmura adını verdim.
Ölümsüzlüğün kutlu olsun.

Sevgilim,
Gel, bul, birleştir.
Kelimeleri iyi eden ben, kalbimi üşüttüm.
Canıma iyi gelen, lütfen iyileştir.
Hayatının rafında sayfalarımı açmanı bekliyorum.
Yemindir, hiç toz yok üstünde. Öp ve oku.

Umay, gözleri bulutlu bir şekilde camdan, koltuğunda oturan Şekerli'yi izliyordu. Etrafına yine insanları toplamıştı. Onlara anlattıklarını duymaya çalıştı. İçeri dolan serin hava kendini hatırlamasına sebep oldu. Telefonuna gelen mesaja ne cevap vereceğini bulmuştu. Hızla odasına dalıp yatağının ucundaki telefonu eline aldı. Çiçek yaprağını andıran elleriyle harfleri birleştirdi.

Sen benim en iyi arkadaşım, sen benim sevgilimsin. Seni asla bırakmayacağım. Ben asla onlar gibi olmayacağım.

“

Geçmişinizi saklayabilirsiniz.
Acılarınızı kimseye göstermeden
içinizde yaşayıp gülücük
dağıtabilirsiniz.
Kötü huylarınızı, günahlarınızı
kimse bilmeden hayata devam edersiniz.
Tek duygu örtülemez, gizlenemez,
önü alınamaz: ‘Sevgi.’ Sevgi parlar.

Güneş tül perdeden içeri mutlu bir şekilde sızıyordu. Kalbindeki yorgunluk omzundaki ağırlıkla birleşince Kürşat uykuya kaçmıştı. Neredeyse on iki saatin üzerinde uyumuştu.

Vücudunu kaldırıp banyoya yürüdü. Yüzünü bolca suyla yıkadıktan sonra girdiği banyoya çökmüş, üstüne akıp giden suda kendini arındırmaya çalışıyordu. Zihninin ve ruhunun tümü Umay diye çınlıyordu. İçindeki huzursuzluk, yıllar sonra tekrar birine karşı duyduğu harika hisler korkularıyla harmanlanıyor ve onu hiçbir zaman olmadığı biri gibi hissettiriyordu. Umay'ın içindeki kadın korkularını almanın, onu sade bir yaşama ikna etmenin, birlikte yolculuklara çıkmanın, aynı kitabın üstüne saatlerce sohbet etmenin, yaşayacakları bitmeyen film gecelerinin hayali vardı hep içinde. Fotoğraf çektirmeyi hiç sevmiyordu, ancak Umay ile binlerce karesi olsun istiyordu. Normal hayatında 'hiç konuşmuyorsun' denilen adam, Umay'ın hayatında hiç susmak istemiyordu. Günlerce onunla her şey hakkında konuşabilirdi. Sesindeki neşeye, konuşurken dudağının aldığı kıvrıma, güleç yüzünün her santimine âşıktı. Onu her şeyiyle, hataları ve olduğu kişi olarak seviyordu. İyi veya kötü biri olması umurunda değildi.

Banyodan ağır adımlarla çıkıp yatağına döndü. Elleri telefonunu aradı. Ekranda beliren yeşil elma logosunu fark etti. Umay'ı böyle kaydetmişti. Kalbi, tekrar hayat bulmuş bir balık gibi hızlandı. Az evvel çırpınan adamdan eser kalmamıştı.

Gelen mesajı okudukça içindeki kara bulutlar dağıldı. Korkuları, çöken koca binalar gibi kat kat devrildi. Gülerek cevapladı.

Sevgilim,
Seni sevmek, tüm tenim kırışıncaya dek sürecek.
Ve sen bana karışıncaya dek yaşamamışım, anladım.
Annemin çiçeklerle konuştuğu an gibisin!
Bin yıl güzelsin!

Sevgilim,
Bir kere gülümsedin diye,
içimden bin kez saydım adını!
Yıllardır beklediğim şarkı,
şimdi durmadan kalbimde çalıyor.
Sen tüm gecelerin en güzel kadınısın.

Sevgilim,
Ben bütün altını çizdiğim cümleleri sırtlanıp
avuçlarının kıyısında yaşamak istiyorum.
Meğer bunca ağrı, onca yolculuk senin içinmiş.
Evime geldim, sana.

Sevgilim,
Seni sevdim, seni seviyorum, seni seveceğim!
Bugün, yarın, daima.

İçinin huzura erişiyle, kaldığı tarihi ahşap otelin merdivenlerini iniyordu. 1840 yılından kalma tarihi bir konaktaydı. Bu köyde güzel olan tek şey bu diye düşündü kendi kendine. Eski eşyalar, muntazam dizilmiş biblolar, özenle seçilmiş el işi halılar, adım attığın her an sızan güven ve mutluluk yayan ahşap kokusu. Odaların her birinde tarihi şahsiyetlerin portreleri ve hikâyeleri.

Giriş katına vardığında kendisi için hazırlanan masaya geçti. Çoğunun organik olduğu aşikâr olan kahvaltısına gömüldü. Çay istemek için seslenecekken, konağın kapısında ona şaşkın gözler ile bakan Sencer'i fark etti. Elinin işaretiyle yanına çağırdı.

Boynu bükük, bu daveti beklediği belli olan Sencer minik ve utangaç adımlarla masaya doğru geldi. Güçsüz kalmış kolları, oturacağı koca sandalyeyi çekmeye yetmedi. Kürşat ayaklanıp yardım etmek isterken, garson imdadına yetişti. Sencer için taze sıkılmış bir portakal suyu rica etti. Yüzüne gülümsemesini takarak küçük adama döndü:

"Günaydın Sencer. Bugün nasılsın?"

"İyi işte," diyebildi Sencer omzunu silkerek.

"Burada olduğumu nereden biliyordun?"

"Herkes burada olduğunu biliyor ki."

Bunu duyan Kürşat nasıl bir cenderenin içinde olduğunu fark etti. Büyük ihtimalle herkes onu konuşuyor, büyük bir kısmı da kendisine güzel duygular beslemiyordu. İçini hafif bir titreme alsa da bunu önemsemememeye çalıştı.

"Senin çocuğun var mı?" dedi, Sencer mahcup bir edayla.

"Küçük bir kızım var ama yaşı büyük. Sevdiğim kadın benim çocuğum. Hem küçük kızım, hem büyük annem."

Kürşat bir an küçük bir çocukla konuştuğunu unutup bir arkadaş gibi ona içini gösterdiğini fark etti. Sencer'i ilk gördüğü andan beri diğer hastalarıyla olduğundan farklı bir bağ kurmuştu kalbi. Küçük yüzündeki masumluk, şaşkın surat ifadesi onu içine çekiyordu.

"Bugün konuşmak ister misin Sencer? Ne hissettiğini, nelerin seni huzursuz ettiğini konuşalım mı?"

Sencer, karşıda sıra dağlar gibi dizilmiş kahvelerin olduğu yeri gösterdi. Palazlanmış, etrafı izleyen, bacak bacak üstüne atmış onlarca adam, öylece oturmuş boş lakırdı yapıyordu. Köy, geçimini zeytincilik ile sağlıyordu. Çoğu bu işleri dışarıdan tuttuğu insanlara yaptırır, yılın belli bir zamanı çalışır ve kalanında üretmez ya da dünyaya fayda sağlamazdı.

"Bunlar işte! Bunlardan korkuyorum. Annem hasta olduğum için terlediğimi söylüyor ama hayır, korktuğum için terliyorum. Beni yurda vereceklermiş."

"Ailenle görüşürüm. Senin için daha iyi olacak olanı buluruz. Sen ne istiyorsun peki?"

"Yürümek istiyorum. Çok uzun yürümek. Babam, yürürsen geçer derdi hep bana."

"O zaman sen bana köyü gezdir. Hem şu karşıdaki zeytinliklere götür. Sonra da deniz kenarına ineriz seninle. Ahmet ağabeyine de söylerim, annenden izin alır bizim için. Sonra seni bırakırken onunla da seninle ilgili konuşurum."

Sencer heyecanla olduğu yerden fırlayarak, "Olur" diye bağırdı. Hızlı bir hareketle masadan kalkarak "Karakolda görüşürüz o zaman," dedi.

Kürşat henüz ne olduğunu bile anlayamamıştı ki çıkmadan evvel yine dün tekrar ettiği sözleri söyledi Sencer:

"İki kirpik üst üste, iki kirpik üst üste."

Umay yine aynı kafede oturmuş, önündeki kitabını okuyordu. Gözü Şekerli'yi aramıştı, ancak bulamamıştı. Onunla konuşarak içindeki sorulara cevap bulacağını ummuştu. Ne hikmetse o da ilk defa ortadan kaybolmuştu. Kedisi Gazoz'u bile yanına almadığına göre durum önemliydi. İçindeki o mutsuz taraf yine onunla birlikteydi. Ne yaşarsa yaşasın, en ufak boşluğunda ona yakalanıyordu. Hiçbir duygu ya da olay o hissi yok edememişti. Kürşat'ın varlığı ona yardım ediyordu ancak asla tam olarak şifa vermiyordu. İçinde hâlâ atamadığı eski duygular vardı. Yüreğinin toprağı yenilenmeden birine sahip ya da ait olamıyordu, ancak bunu henüz kendisi bile bilmiyordu.

Şekerli, karşı kaldırımdan neşeli bir halle geliyordu. Şıkır şıkır giyinmişti. Uzaktan bakan veya onu tanımayan biri bu adamın böyle bir yaşam sürdüğüne inanamazdı. Evi neresi bilinmez. Nerede uyur görülmez. Herkesin ortasında ama kimsenin yanında değildi.

Kolonya dükkânının önünde, ondan pek de haz etmeyen yaşlı kadını tuttu birden. Kadının kolunu omzuna attı ve belini kavradı aniden. Sokağın ortasında dans etmeye başladılar. Çevredekiler anlamsız gülüşmelerle onları izliyordu. Kadın kurtulmak istese de Şekerli'nin onu bırakmaya hiç niyeti yoktu. Bir süre sonra o da bundan keyif almaya başladı ve direnmedi. Şekerli koca sokağın ortasında, aralıksız geçen kalabalığa dönük olarak "Kalbin kaderin olsun" diye sesleniyordu. Öğrencilere, memurlara, esnafa, yolu açmasını isteyen arabalara, köşede öpüşen sevgililere dek ulaşıyordu sesi. Herkes mutlu bir şekilde karşılık veriyordu. Yeterince başını döndürdükten sonra kadını dükkânına kadar götürdü.

Koltuğunun olduğu yere geldiğinde Gazoz'u kucağına alıp bir şeyler fısıldadı. Sonra her zamanki seremonisini sergilemek için ayaklandı. Gür bir sesle:

"Bayanlar ve baylar, ben onların gördüğü ve söylediğiyle Şekerli. Hz. Muhammed'e sormuşlar, mümin cinayet işler mi diye. İşler demiş. Mümin hırsızlık yapar mı? Yapar demiş. Mümin zina eder mi? Eder demiş. Mümin yalan söyler mi? Mümin iken asla demiş. Peki o halde bayanlar ve baylar, birine yalan söyledikten sonra nasıl huzursuz olunmuyor? Kendinize karşı saygınız nasıl azalmıyor? Vicdanınız nasıl sizi uykusuz bırakmıyor? Niye hiç tedirginlik ve utanç duymuyor ruhunuz? İnsan mezarını ağzıyla kazar! Siz her gün birinin hayatında ölüyorsunuz! Kedim Gazoz sizleri selamlıyor. Ben deli değilim! Ben deli değilim."

Şekerli yerine oturur oturmaz yine yanında biten Umay'ı fark etti. Ses çıkarmadan koltuğunun arasındaki kitabını alıp okumaya başladı. Hava sonbaharın tatlı günlerini yaşatıyordu. Sokak hınca hınç geçip giden hayatları kucaklamış, bir köşede de yine onları yan yana getirmişti işte. Umay, elindeki kahvesiyle koltuğun yanına çökmüş öylece dağılan, toplanan, kavuşan ve ayrılan insanları gözlüyordu. Kar tanesini andıran beyaz, güzel teni soğuktan kızarmıştı. Ellerini kahvesiyle ısıtıyordu. Başını hafifçe Şekerli'ye dönüp mırıldandı;

"Birine ait oldun mu hiç?"

Şekerli, soru karşısında afallamıştı. Her zaman bir dost, bu sokaktaki en çok sohbet ettiği insandı, ancak böyle kalbi konuları asla konuşmazlardı. Şaşkınlığını surat ifadesinden sildikten sonra:

"Birine ait olmazsın. Biriyle paylaşırsın. Kalbini, anılarını, dostluğunu, mutluluğunu, kederini, zamanını. Bir insan ile beraber olmak bu demektir. Sevgi budur."

Şekerli, Umay'ın içindeki yükü anlamıştı. Yaşadığı şeyi ilişki olarak değil bir bağ olarak gördüğünü fark etti. Biriyle olmanın huzurunu hiç öğrenemediğinden, yaşadığı şeyi bir tür kelepçe sanıyordu. Yanıldığını söylemek istedi, ancak bunun yaşanmadan öğrenilmeyeceğini bildiğinden vazgeçti.

Umay, duyduğu cümleyi kalbinin terazisinde tartmaya çalışıyordu. Bu boşluk ânında geçmişi ve sevgisiyle yüzleşiyordu. İçinde büyük bir taş gibi duran sorular vardı. Bu sessizliği Şekerli'nin sözleri bozdu:

"Gerçek sevgi rağmendir. Bazı kötü huylarına rağmen, anlaşmazlıklarınıza, farklılıklarınıza rağmen. Tüm çevrenin ve hayatındaki insanların onayına ihtiyaç duymadan, herkes için değil senin için güzel olması yeterli olarak. Biri seni rağmen seviyorsa, evin gibi kalbine girip kapıyı huzurla kilitle."

Umay'ın kalbi karanlıkta parıldayan bir yıldıza dönüştü.

İlkbaharı andıran yüzü çiçeklendi. Kürşat bu gülüşü görseydi ona bir daha âşık olurdu. Ancak hayat böyle bir şey değildi. Umay, biraz da Şekerli'nin kalbini yoklamak istedi:

"Bu hayatta neye inanıyorsun peki?"

"Pencere önündeki çiçeklere inanıyorum.

Güçsüz kaldığımda karıncalara inanıyorum.

Annemin avuçlarına inanıyorum.

Dostlarımın, yanındayım demesine,

Yaşlı insanların öğütlerine,

Bebeklerin kokusuna inanıyorum.

En siyah gecelerin güneşle bittiğine,

Hiç geçmeyecek gibi gelen acıların

Bize tecrübe kattığına inanıyorum.

Altını çizdiği kitapların sözleri gibi yaşayan insanlara,

Yalnızlığın da güzel bir yanı olduğuna,

Birine sımsıkı sarılmaya inanıyorum.

Kim bize ne yaşatırsa yaşatsın,

Yine de ona karşı bembeyaz kalmaya inanıyorum.

Hayatın tüm yüküne rağmen

İlerleyen, umuttan ve güzelliklerden vazgeçmeyen,

'Ağaçlar gibi ayakta öl' diyen kalplere inanıyorum.

Affetmenin ahlak üstünlüğü olduğuna inanıyorum.

Güzel gülen kadınlara,

Bir kalbi her zerresine kadar seven insanlara inanıyorum.

Bu hayata bir geliş sebebi olmalı herkesin,

Bir gün onu bulacağıma inanıyorum..."

Umay, içindeki boşluğa düşmüştü duyduklarının ardından. Isınmış yüreğini, birini özlemiş olan duygularını toplayıp hafifçe doğruldu. Başını teşekkür ederim edasıyla sallayıp hafif adımlarla evinin yolunu tuttu. Giden arkadaşının ardından bakan Şekerli bunun kalıcı bir his olmadığını, o soru işaretlerinin altında kalacağını çok iyi biliyordu.

"

Meğer benim yüreğimin penceresini
denize açan senin ellerinmiş.

Kürşat, elinde sigarası, karakolun önünde, maviye boyanmış demir kapının girişine yaslanmış bir halde evleri izliyordu. İçindeki karanlığı, kötü şeyleri örtmek istercesine kireçle beyaza boyanıp ayıbını kapatan her şeye benziyorlardı. Etrafı yeşillik kaplı, biraz aşağı indiğinde masmavi denizi olan, içinde yüzlerce tarihi ahşap konak barındıran bu kadar güzel bir yerin böyle insanlarla dolu olduğunu bilmek içini karartıyordu. Küçük bir çocuğun teninden şehvet uman, her şeyi bildiği halde konuşmayan ya da engel olmayıp ışığını kapatan herkese lanet okuyordu kalbi. Sencer'in gözleri ve sesindeki masumiyet silinmiyordu hafızasından. Bir çocuğun kalbindeki tüm pencereleri kırdıkları için tiksiniyordu bu insanlardan.

Kocaman göbeği, yana doğru taranmış saçları, beyaz, sade gömleği ve siyah pantolonuyla, elleri cebinde karşısında dikilen Muhtar'ı gördü. Adamın hareketlerindeki pervasızlık sözlerine de yansıdı.

"Kürşat Bey nasılsınız? Bizim deli çocuğun iyi olacağı falan yok. O zaten hepten beri böyleydi. Deli o deli. Uydurup

uydurup durur. Bak onun yüzünden kaç tane ev babasız, kaç kadın çocuğundan uzak kaldı. Yazık, masumlar yok yere hapis yatıyorlar. Çocuğun ağzıyla iş mi yapılır? Bu komutan da bir acayip."

Kürşat duydukları karşısında midesine yumruk yemiş gibi hissetti. İçine güneş dökülmüş hissi veren bir sıcaklık oluştu. Parmakları birden sıkılaşarak yumruğa dönüştü. Sinirden sıkılan dişlerinin arasından düştü kelimeler:

"En büyük yalnızlık, anlatsam bile anlamayacaklar, anlasalar dahi çözüm bulamayacaklar noktasıdır. Gerçek iç kanama budur."

Kürşat, saf görünümlü ama aslında yapılan ve yaşanan her şeyin farkında olan bu adama Sencer'e yaşatılanları ve olayın tüm ağrısını birkaç cümlede özetlemiş oldu. İğrenerek süzdü Muhtar'ı. Duyduğu cümle karşısında afallayan Muhtar, başını sallaya sallaya arnavut kaldırımlı sokağa doğru devam etti.

Kürşat ise bu durumu daha da sahiplenen ve çözüme kavuşturmak isteyen güçlü tarafına yöneldi. Bu durum artık onun için çok daha ciddi, çok daha önemli bir hal almıştı. Sencer'i bu nefretin içinden çıkarmak istiyordu.

Onu ilk gördüğü andan beri yüzündeki masumiyet ve bakışlarındaki beyazlık yüreğindeki çocuk özlemini hepten açığa çıkarmıştı. Yıllardır kendi hikâyesi içinde koşturmaktan, düşüp kalkmaktan yorulmuş tarafı Sencer'le tekrar hayallere dönmüştü. Babalık hissini uyandırmıştı.

Mavi jandarma arabası hızla karakolun önüne geldi. Şoför koltuğundan inen genç asker, arka kapıyı ittirerek açtı. Arka koltuğa binen Kürşat hemen yanındaki Sencer'in gülümseyen gözleriyle heyecandan terleyen ellerini gördü. Küçük adamının gülüşüne aynı saflıkla cevap verdi.

Ahmet, annesiyle iletişime geçerek Sencer için izin almıştı. Ondan kurtulmak istedikleri için zaten pek karşı çıkacağı da yoktu. Çocuk onun için bir yük gibiydi. Yeni eşiyle arasındaki bir sorun. Bir pranga sayılıyordu.

Jandarma aracı köy kahvelerinin önünden süzülerek dar bir yolu, ardından sağı ve solu zeytin ağaçları ile kaplanmış yokuş aşağı ilerleyen güzergâhı takip etti.

Yokuşun bitiminde tül perde gibi hafif kımıldayan deniz belirdi. Rüzgâr insana yaşamı hatırlatırcasına varlığını hissettiriyordu. Araç, yolun sol tarafında kalan sahile doğru yavaşladı. Kumlar, sarı çiçekler gibi parlıyordu. Sencer heyecanla arabadan inip sahile koştu. Sertçe bastığı kumların izine bakarak, "Yürürsem geçer" diyerek coşkuyla bağırıyordu. Kürşat onu izlerken ne kadar güçlü olduğunu fark etti. İçindeki, onu nasıl iyileştireceğini düşünen pedagog tarafı umutlanmıştı. Yalnızca anlaşılarak ve yeterli sevgiyle daha iyi olacağını hissetti. Koşturmasına hiç aldırmadan, denizin kıyısına geçerek, Sencer'in içindeki hırsı ve öfkeyi kusmasını bekledi. Başını denize doğru çevirip, bir yelkenli gibi uzaklara gitmek isteyen tarafına döndü. Gözlerinin önünde beliren peri, Umay'dı. İşte güzelliği yine onu yakalamıştı. Sevgisi yine tüm dünya telaşının ötesine geçmiş, en küçük boşlukta dahi onu gafil avlamıştı.

Hayatı boyunca hiçbir şeye bu denli yüksek bağlılık veya inanç hissetmemişti. Kendi başına var olmuştu daima. Hayatını sabırla, kendi gücü ve aklıyla kazanmıştı. Ailesi ile arasında büyük sorunları olmasa da çok iyi bir ailede yetiştiği söylenemezdi. Hiçbir sabah onu kaldırıp da okula veya işe gitmen gerek diyeni olmamıştı. Nasılsın diyen bir baba ya da anne figürüne sahip değildi. Ne okumak istediği, kim olmayı düşündüğü gibi sorular gelmemişti onlardan. Kendi kendini var eden, kendisiyle yürüyen bir gölge gibi yaşamıştı. Kötü ilişkileri olmuştu. Hepsini de unutmuştu. Hafızası affetme, yaşanan kötü şeyleri silme konusunda oldukça başarılıydı.

Ama Umay farklıydı işte. Onunla kısacık zamanda yaşadığı duygu, onun hikâyesinin ağrısı, mutlu zamanlarındaki çocukluk heyecanı, bir şeyi anlatırkenki tertemiz hali, güzelliğinden sızan arzu, ses tonundaki her değişim Kürşat'ta sırılsıklam bir aşka dönüşmüştü. Umay ile yeniden, varlığını seven bir anlama kavuşmuştu. Ona dair biriktirmek, onun için bir şeyler fısıldamak, hayal kurmak, onu dünyanın geri kalanından daha güzel görmek Kürşat'ın kalbini umutla dolduruyordu. "Dünya daha güzel seninle" demişti Umay'a, "daha anlamlı, daha renkli, daha iyi bir yer seninle".

Sol cebindeki telefona uzandı eli. Rehberden yeşil elma simgesi ile kaydettiği Umay'ı buldu. İçinde çağlamaya hazır bir özlem duygusu ile arama tuşuna bastı. Üç çalıştan sonra dünyada en sevdiği ses kulağında yankılandı.

"Efendim," dedi yumuşak bir sesle Umay.

"Nasılsın Umay? Anlat, güzel mi oralar?"

"İyiyim. Sesini duyunca daha da iyi. Sen anlat."

"Meğer benim yüreğimin penceresini denize açan senin ellerinmiş. Seninle konuşurken hava güzel, su tatlı, acılar bitik, dünya temiz. Başını omzuma yasladığın için acım dindi. Umutlarım büyüdü. Ben şimdi baharı saçlarına örmeden uyur muyum?"

"Teşekkür ederim, canıma düşen tüm kelimelerin için."

"Söz veriyorum, kalbini, annelerin sandıkta sakladığı ve asla unutmak istemedikleri güzel şeyler gibi koruyacağım. Her zaman değerli olacak kelimelerin. Her açıp baktığımda daha manalı. Sen her gün daha güzelsin."

"Bir şeyin hayali kendinden güzeldir denir. Sen hayal ettiğim her şeyden daha güzelsin. Seni seviyorum Kürşat."

Kürşat, son duyduğu cümleden sonra tüm ruhuyla fısıldadı:

"Seni seviyorum. Bugün, yarın, daima."

Sessizce kapattılar ardından telefonu. Bir veda daha istemez gibi. İçi huzurla dolmuştu Kürşat'ın. Umay'ın onu sevdiğine inanan tarafının haklı çıktığı duygusuyla güç bulmuştu. Telefonu sol cebine yeniden koyarak, hâlâ koşuşturmakta olan ve "Yürürsem geçer" diye bağıran Sencer'e döndü. Eliyle küçük adamını yanına çağırdı. Nefes nefese kalmış hali, kızarmış yanaklarıyla öyle güzel görünüyordu ki Sencer, masum bir ay gibi parlıyordu. Yerden aldığı küçük bir tahta parçasını Sencer'e uzatarak, "Bu kuma korkularını ve mutluluklarını çizer misin?" dedi.

Bu, pedagogların çok sık kullandığı ve çocukların iç dünyalarını en iyi şekilde anlamak için sıkça tercih ettikleri bir yöntemdi. Yaptıkları çizimler çocuğun ruh halini anlamayı kolaylaştıran için en iyi araçtı belki de. Kürşat, artık Sencer'in içini görmek istiyordu. Orada neler olup bittiğini bilmeden yıkımları, korkularını ve endişelerini tam anlamadan bir yol izlemek mümkün değildi. İstismara uğrayan çocuklar genelde bu olaya kendilerinin sebebiyet verdiği inancıyla suçluluk duygusu taşır. Bu durum çocuğun yaşadığı travmanın yıllarca sürmesine neden olur ve yetişkinlikte çok farklı biçimlerde ortaya çıkabilir. Sencer ne onu sahiplenecek bir aileye ne de koruyup kollayacak bir kola sahipti. Ahmet olmasa onu kim bilir nasıl bir gelecek bekleyecekti... Kürşat tüm bunları uzun uzun düşünmüş, onun için en iyisini bulmayı kafaya takmıştı. Sencer'in güçlü yanı Kürşat'a umut vaat ediyordu. Bir yolunu bulacaktı.

Kürşat yere bağdaş kurup oturmuş Sencer'i izliyordu. Elindeki tahta parçasıyla çizmeye uğraştığı, çizerken de kendi kendine fısıldadığı resimlerini bitirmesini bekliyordu. Rüzgâr hafif fısıltılarla yüzüne çarpıyordu, onu izlerken mutlu hissettiğini fark etti. Meslek hayatında içine sızan tek hastası bu küçük adam olmuştu.

Sencer, kocaman iki daire çizmişti. Birinin içinde korkuları diğerinde mutlulukları olan resimler vardı. Küçük bir çocuğun çizdikleri harika olmasa da pekâlâ anlaşılırdı. Korkularının bulunduğu dairenin içine, boyları ve vücutları farklı insanlar ile camiyi andıran bir yer çizmişti. Mutluluklarının olduğu dairede ise kendisi vardı, evin içindeydi, ancak evin kapısı yoktu. Evin hemen dışında bekleyen iki adamın yanı sıra bir de mezar çizmişti mutluluklarının arasına.

Kürşat, Sencer'in çizdiklerine uzunca bakıp bir anlam çıkarmaya çalıştı. Çoğu yerini keşfetse de bazı kısımlar oldukça belirsizdi. Gözlerini kırpmadan çizdiklerine bakan Sencer'in boy hizasına doğru çömeldi:

"Bu bir cami mi Sencer?"

"Evet."

"Neden camiden korkuyorsun?"

"Çünkü Allah gördü. Beni hep oranın tuvaletine götürdüler."

Gözleri dolmuş, hıçkırarak konuşuyordu Sencer. Kürşat bu detayı öğrendiğinde midesinde derin bir yanma hissetti. Yetişkin biri için bile mide bulantısından öte bir histi, kusma hissi... Yüreğinin sıkıştığını, avuç içlerinin

terlediğini fark etti. Duyduklarını bastırmaya çalışarak Sencer'in küçük başını omzuna yaslayıp saçlarını okşadı. Gri ve her an yağdı yağacak bir ses tonuyla devam etti:

"Peki umutlarının olduğu dairedeki evin içindeki çocuk sensin değil mi?"

"Evet."

"Kapıda bekleyenler kim?"

"Sen ve Ahmet ağabey."

"Seni mutlu eden şeylerin arasına neden mezar çizdin?"

"O bir mezar değil, babamın evi. Kimseye söyleme bunu ama gerçek mezarlık benim içimde. Bana dokunan adamların hepsini oraya gömdüm."

Sencer, sesinin son çırpınışlarıyla konuştuktan sonra haykırarak ağlamaya başladı. Kürşat'ın göğsüne, yuvaya sığınmış bir kuş gibi sığındı. İçli içli döktüğü yaşlar Kürşat'ın bütün ruhuna ve insanlığına sızıyordu. Kürşat, tüm kalbiyle ona sarılmaya devam ederken, "Korkma, senin suçun değildi" demeyi sürdürüyordu. "Korkma, senin suçun değildi."

"

Yorgunluk değil bu hissedip
yaşadığımız.
Tamamen bulanıklık.
Artık kime güvenip güvenemeyeceğimizi
bilemeyecek kadar kararsızız.
Kalbimiz korkuyor.
Ördüğümüz iç duvarların arasında
sevgi, şefkat, güven arıyoruz.
Yeni çağın hastalığı bu.

Korkuyla ellerini başının içine almış, ne yapacağını bilemez bir durumda odanın bir ucundan diğer ucuna sürekli yürüyordu. Karnı inanılmaz derece acıkmıştı ancak odadan çıkamıyordu. Havanın karanlığıyla birlikte korkusu büyümüştü. Tüm bunların sebebi ise sadece kirpiydi. Büyük ihtimalle giriş katta oturan Umay'ın arka bahçesinden bir şekilde eve girmeyi başarmıştı. Umay kirpiyi görür görmez çığlığı basıp kendini odaya atmıştı ve çıkamıyordu. Yılanın fotoğrafını ya da herhangi bir simgesini dahi görse aynı durum yaşanıyordu. Hatta daha da fazlası. Bu yüzden üç tane telefonu kırılmıştı. Arkadaşlarının şaka olsun diye yolladığı videolar ya da internette karşısına aniden çıkan görüntüler yüzünden çok kez telefonu elinden fırlatmak zorunda kalmıştı. Odanin sonuna doğru titreyerek yürüdüğünde, koltuktaki Şekerli'yi gördü. Pervasızca ve her zamanki dünyayı umursamaz tavrıyla yine açmış kitabını okuyordu. Sanki dünya onun etrafında değil, o dünyanın etrafında dönüyordu. Bu durum zaten gergin olan Umay'ı daha da gerdi. Gereksiz bir sinirle camı açıp bağırdı.

"Şekerli! Şekerli! Evime kirpi girmiş, salona çıkamıyorum. Anahtarları atayım da lütfen çıkart onu. Yoksa bayılacağım."

Sesle irkilen Şekerli, şen bir kahkaha atarak camda titreyen Umay'a "Tamam geliyorum," dedi. Apartmana yürürken hâlâ kahkaha atıyordu. Birkaç dakika boyunca kapıyı açmakta zorlanan Şekerli, sonunda bunu başarmıştı. Arka bahçede bulduğu süpürge ve kürekle hayvancağızı incitmeden tekrar ait olduğu yere bıraktı. Dar koridoru adımladıktan sonra Umay'ın olduğu odanın kapısını hafifçe tıklatıp, "Çıkabilirsin, arka bahçeye iade ettim paketi," dedi.

Bembeyaz kesilmiş yüzü, korkudan titreyen elleriyle doğruca banyoya yürüdü Umay. Yüzüne çarptığı sularla kendine gelmeyi başardı. Yüzünü yumuşak havluyla kurulayıp koridora geçince, gitmek üzere olan Şekerli'yi durdurdu:

"Gel bir şeyler yiyelim. Öyle gidersin."

Şekerli, birkaç isteksiz reddetmeden sonra kırmadı Umay'ı.

Şık ve sade döşenmiş salona geçti. Umay'ın gezdiği şehirlerin fotoğraflarıyla doluydu duvarlar. Çoğunda deniz kıyısında olan, kocaman gülüşüyle manzaradan bile güzel duran Umay'ı inceledi. Sol köşede kocaman bir kitaplık, sağ tarafında özenle araştırılıp bulunduğu bariz olan bir kırkbeşlik vardı. Dışarıdan bakıldığında rahat, özgüveni epey yüksek, hafif ağzı bozuk gibi dursa da, edebiyat ve müzik zevki oldukça gelişmiş olan arkadaşının iç dünyasına bakıyordu, kitapların ve şarkıların insanın ruhunu anlattığını bilen herkes gibi.

Şekerli, bulduğu bir plağa şefkatle baktı. Keder ve özlem ile derin bir iç çektikten sonra plağı yavaşça pikaba yerleştirdi. Herhangi bir kalbi herhangi bir yerde ele geçirebilecek, olduğu yerden başka zamana taşıyacak o muhteşem ses odanın duvarlarına, oradan da Şekerli'nin kalbine doğru dolmaya başladı.

Eşyalar toplanmış seninle birlikte,
Anılar saçılmış odaya her yere,
Sevdiğim o koku yok artık bu evde.
Sen...
Kıyıda köşede gülüşün kaybolmuş,
Ne olur terk etme yalnızlık çok acı,
Bu renksiz dünyayı sevmiştik birlikte,
Sen, kadınım...

Şarkının büyüsü Şekerli'yi alıp uzaklara götürmüştü. Bu uzaklığı, fark etmeden Umay bozdu.

"Dediği gibi yaşayan, yaşadığı gibi ölen ender insanlardan Tanju Okan. Düşün ki o şöhret, yakışıklılık, hayranlarının çığlıklarına rağmen sevdiği kadından uzaklaşmasının ardından hayatı boş vermiş. Önce bir bacağını, sonra ise tüm hayatını içindeki aşkın acısına bağışlamış."

Şekerli, uzaklara gitmiş gözlerini ve belli ki hâlâ orada kalmış kalbini alıp Umay'a doğru döndü. Gözlerindeki kederi belli etmemeye çalışsa da bunu başaramadı. "Ama" dedi ke-

keleyerek, "kalbi dünyada kaldı".

Umay, telaşla ve açlığın da etkisiyle salonun ortasında duran sehpaya sürekli bir şeyler taşımaya devam etti. Şekerli'nin yardımını reddediyor, onu misafiri olarak ağırlamak istiyordu. Pek hamarat biri değildi aslına bakılırsa. Mutfak ve ev işlerinde isteksiz ve beceriksizdi. Genelde ya elini keser ya da tam istediği tadı bulamazdı. Pilavı dahi lapaydı.

Ne hikmetse bu sefer hem yaptığı köri soslu tavuğu harika olmuş, hem de pilavı kum tanesi gibi dağılıyordu. İkisi birden iştahla yemeye giriştiler. İkisi de tek kelime etmeden tabaklara gömülü olarak yemeğin keyfini çıkarıyordu. Umay heyecanla mutfağa gidip buz gibi harika bir beyaz şarap ve iki kadehle geri döndü. Yüzündeki gülümseme ve keyifle, "Bu gece biraz keyif yapalım dostum," dedi.

Şekerli, kırkbeşliğin muazzamlığı ve yemeğin damağında bıraktığı tadın da etkisiyle hiç itiraz etmedi. Kadehleri kendi elleriyle doldurdu. Hâlâ dönen plaktaki şarkıyı mırıldanmayı sürdürdü. Söyledikçe gözleriyle, sesiyle başka yerlere gittiği aşikârdı. Keyifle onu izleyen Umay yine meraklı tarafına yenik düştü:

"Hiç hayalin var mı Şekerli?"

"Küçük, içi mutlu bir ev, yüzü güleç bir eş, saçını ördürmek isteyen bir kız çocuğu. Hayatta en önemli şeylerin sevgi, dürüstlük, paylaşmak, empati, doğa ve saygı olduğunu anlatan kitaplar yazmak. İşte tüm hayalim bu. Peki ya senin hayalin nedir?"

"Annemi mutlu görmek, annemi çok mutlu görmek."

Neşe bir anda dağılmış, Umay'ın güzelliği kederlenmişti. Çocukluğundan kalma bu ağrı, koca kadına dönüştüğünde dahi kalbindeydi. Bazı ağrıların yükü hiç azalmıyor. Sesindeki ve yüzündeki mutsuzluğu silip tekrar sormaya devam etti:

"Bir gün hikâyeni öğrenebilecek miyiz bay Şekerli?"

Şekerli, bu kez hiç şaşırmamıştı. Bunu o kadar çok soran, deşen, hakkında efsaneler yaratan, türlü komplo teorileri üreten vardı ki, bu soru ona artık sıradan geliyordu:

"Büyük ihtimalle ilk sen öğrenirsin Umay."

Umay'ın yüz ifadesine gülümseyerek baktıktan sonra kalkmak için kendini toparladı. Dışarıdan, Gazoz'un onu merak ettiğini bildiren ağlak miyavlaması yükseliyordu.

Karşılıklı teşekkürlerden sonra gitti. Umay, arkadaşının ardından yine yalnızlığıyla kalmıştı. Şişede kalan şarabı içmeye, içtikçe özlemlerini ve ağrılarını hatırlamaya devam etti. Onları yok etmek için durmadan dolduruyordu kadehini. Bu karanlığın arasında beyaz bir ışık gibi süzülen Kürşat'ı hatırladı. Güzel yüzüne, sıcak bir omuzda uyuma hissine yaslandı başı. Odasına doğru ilerleyip bir kâğıt kalem aldı. Şair tarafı dile gelmişti.

Bu şehrin tüm ışıkları, yürüyen tüm insanların ayak tıkırtıları, boyunlardan ve bileklerden süzülen kokular, gülüşleriyle günü boyayanlar, bebeklerin avuç içleri, kalabalığı yaran sokak müzisyenlerinin sesleri, yürüyen merdivenlerden koşanlar, kaldırımda açmış çiçek, karşıya geçen vapur, açgözlü martılar, ruhu beslenmemiş adamlar, kitap arasında kelebek kurutan ince kız, köşede öpüşen sevgililer, dostunun gittiği otobüse el sallayan kalp ve bildiğim bütün kelimeler 'adını sevmeli'...

Hatırla, bir bebek parmağını avuçlarına kapatıp sıktığında daha güçlüsün. Kelimelerin neşeli olduğunda daha ışıksın. Şarkılar söylediğin her an daha anlamlı. Sarıldığında sevdiğine en güçlüsün.

Bütün siyahları geçtin, tüm yanlışları öğrendin, okuldaki tüm sınavları verdin. Sevdin, sevildin, yandın, yanıldın, sırf güzel güldüğün için belki de birini istemeden yaktın. Şimdi bir bulut üstünde yürüyen o masal kahramanı sensin. Bütün zorluk yaşayanlar 'adını sevmeli'.

Nasıl bu kadar uyumlu? Neden bu kadar gri?

Farklı bulutlardan aynı cama düşmüş,

birbirine karışmış, Tanrı'nın iki gözyaşıyız.

Bütün yağmurlar 'adını sevmeli'.

Koca bir gün, yeni bir umut, toprağı uyandıran çiçek, yazılmaya hazır beyaz kâğıtlar, yaşanacak sonsuz bir

hikâye, dün gece seni uğurlarken döküldü dilime, 'adını sevmeli'.

Sen de yağ! Elime, yüzüme, kokuma, umuduma, canıma! Bütün harflerle, tüm inançla, aralıksız ve sırılsıklam; 'adını sevmeli'.

Seni Seviyorum.

Bugün, yarın, daima!

Şöminenin kırmızı alev dansı odanın tavanında sürüyordu. Alevin içinde çıtırdayan kıvılcımlara bakıyordu. Saç diplerinden ayak bileklerine değin inen yorgunluk, yaşadığı günün zihin ağrısı her hücresinde hissediliyordu. Elinde yanan halde duran sigarasını parmak uçlarında gezdiriyor, derin bir duman aldıktan sonra aynı hareketi tekrar ediyordu. İçeri sızan tek şey bir sokak lambasının cılızlığıydı.

Sencer'in gözleri aklından çıkmıyordu. Küçük bedeninden omzuna, göğsüne dökülmüş yaşlar Kürşat'ın ruhunda hâlâ duruyordu. Beyni sonsuz hızda dönen düşüncelerle çarpışma halinde, biten sigarayı yenisini yakarak yakalama peşindeydi. Gözleri ağlamak istiyor, ancak acı doruğa ulaştığından kaskatı kesilmiş duygularıyla kıvılcımlara bakmaktan öteye geçemiyordu. Sigarayı orta parmağıyla şömineye fırlattıktan sonra başını kollarının arasına aldı. Hayalinde kurduğu düşünceyi aklına iyice yerleştirdi. Artık emindi.

Büyük bir gürültüyle ahşap pencerenin camı kırıldı. İrkilen Kürşat ne olduğunu anlayamadan odanın tüm camları kırılmaya başladı. İçeri yağan taşlardan kaçıp banyo tarafına geçti. Sesler kesildiğinde camdan kafasını uzattı. Az evvel yanan tek sokak lambası da karanlığa gömülmüştü; zifiri karanlıkta birkaç ayak tıkırtısından başka bir şey yoktu. Kendine gelip hızla telefonunu aramaya başladı. Bir süre panikten bulamasa da yorganın içinden düşen telefonunu alıp doğrudan Ahmet'i aradı.

Son çalışına dek beklese de cevap alamadı. Sakinleşip karakola gitmeyi düşündü. Hızla dolapta asılı gömleğini alacaktı ki, telefonu çalmaya başladı. Hemen açtı.

"Alo Kürşat, hayır olsun bu saatte?"

"Ahmet, konaktaki odamın camlarını taşladılar. Kim, niye yaptı bilmiyorum. Camdan baktım ancak kimseyi göremedim."

"Ahmet hemen resepsiyona in. Ben derhal ekip gönderiyorum. Ben de geliyorum. Korkma, kimse bir şey yapamaz."

Ahmet nefes nefese kalmış bir şekilde konağın büyük ahşap kapısından içeri girdi. Kürşat'la göz göze gelip onun iyi oluşunu görmesiyle, tükenmekte olan haliyle, "Bir bardak su lütfen," diyebildi.

Konak jandarma dolmuştu. Herkes telaş içinde ne olduğunu anlamaya çalışıyordu. Kürşat sakince bir masaya oturmuş, ne yaşadığını kavramakla meşguldü. Ahmet yanına yaklaşıp onu boş bir odaya götürdü. Kürşat'ın 'neler oluyor' der gibi bakışına "Anlatacağım" diye karşılık verdi. Kapıyı ardından sıkıca kilitledi.

Sencer'in olayı ağlayarak Ahmet'e anlatmasından sonra Ahmet onun ifadesine bağlı olarak birçok kişiyi gözaltına almış, bu kişiler ilk mahkemede tutuklanmışlardı. Ancak Ahmet, Sencer'in daha çok kişi tarafından istismar edildiğini, annesinin ve köyden birilerinin çocuğa baskı yaptıklarını düşündüğünü söyledi. Büyük ihtimalle köyde herkes bunu biliyor ancak umursamıyordu. Buna kadınlar, hatta çocuklar bile dahildi. Sencer'in evinin önünde zaten bir koruma ekibi görevlendirilmiş olduğundan ve Ahmet'in Sencer'i gözü gibi koruduğunu bildiklerinden ötürü Kürşat'ı sindirmek istemişlerdi.

"Bu sebeple benim çabamın üstüne bir de senin özel ilgini görünce, çocuğun konuşmasından çekinip seni sindirmeye çalışıyorlar. Benim mesleğimden ötürü başlarına bela alacaklarından korkuyorlar, bu yüzden seni hedef seçtiler."

Kürşat, duydukları karşısında şoka uğrasa da yüzünü toparlayıp net ve keskin bir ifadeyle çıkıştı:

"Sencer'i bir daha incitemeyecekler."

Ahmet, bu cümle karşısında sımsıcak gülümsedi. Yıllarca bu vatanı çocuklara ve geleceğe teslim etmek için çarpışmış, gencecik bedenleri elleriyle toprağa vermişti. Şimdi birkaç köy kurnazının yaptığı iğrençliğe

pabuç bırakacak değildi. Sağ elini, arkadaşının sol omzuna uzattı:

"Senin değişmeyeceğini biliyordum."

Ahmet, Kürşat'a kendi evinde kalması için ne kadar ısrar etse de çabası sonuç vermedi. Kürşat'ı başka bir odaya yerleştirdiler. Ahmet ne olur olmaz diyerek, ekip aracına sabaha kadar konağın önünde beklemesi için talimat verdi. Kürşat, Ahmet'ten Sencer'i sabah konağa getirmesini rica ederek odasına çıktı. Yaşadığı en uzun günlerden biriydi bu. Uykuya dalmaya çalışsa da duyguları ve karışmış aklı buna izin vermedi. Göğsünün içinde iki küçük kuşla yaşıyor gibi hissediyordu. Biri dünyanın en güzel kadını, diğeri ise dünyanın en masum küçük adamıydı. Umay'ı çok özlemişti. Duyduğu yalanlara, ayrılma girişimlerine rağmen içinde hâlâ sıcacık duruyordu. Hiçbir düzen, hiçbir olumsuzluk yerinden kıpırdatmıyordu. Boynundaki üç minik adayı anımsadı. Üç minik ben. Minik bir öpüş kondurmak istedi yüreği. Her şeyi unutup, geride bırakıp sadece onu yaşamak...

Telefonu elinde, yüreği bir küçük cümle arıyordu. Arayıp, olanları anlatıp onu üzmek, hâlâ aralarında olan sorunlar ve gelecek kaygısının içinde bir de kafasını bunlarla doldurup onu uzaklaştırmak istemiyordu. İnce uzun parmaklarıyla, dokunmatik cam ekranın mesaj kısmına kalbindeki kelimeleri sıraladı.

Sen bende, annemin ellerisin. Ne olursun al bunu dediğim şey, kalbim. Sen bana yürümekten morarmış ayaklarınla geldin. Terk edilmiş kalbinle. İncinmiş ellerinle geldin. Lütfen, incitme bizi.

Başı yastığa yığılmış, yorgun gözleri ve bitkin bedeniyle koşturmaktan yorulmuş bir çocuğu andırıyordu. Yorganı tümüyle boynuna dek çekmiş, sığınmak ister bir halde küçücük harflerle dua ediyordu. Umay'ı tüm hayattan, var olan her şeyden fazla istiyordu. Bu sahip olma duygusu değildi. Bu onunla sonsuz olma umuduydu. Onu ele geçirmek, boyunduruk altına almak gibi değildi. Onunla ömür boyu gülmek gibiydi. Dualarının harfleri giderek ufaldı, uykuya daldı.

Delice bir baş ağrısı ve mide bulantısıyla, her yeri tutulmuş bir şekilde uyandı. Birkaç dakika boyunca gece olanları düşündükten sonra banyoya yürüdü. Omzuna dek inen saçlarını topladı, soğuk suyu yüzüne çarptı. Kızarmış gözlerine bakıp kendine kızdı. Bugün önemli bir iş görüşmesi vardı ve haddinden fazla içtiğinden, oraya bu soluk tenle gidecekti. Kafasını toplamak için bir kahve yapmaya karar verdi.

Salondaki sehpanın üstündeki kâğıdı aldı, dün gece Kürşat için yazdıklarını okudu. Bir süre üstünde düşündü ve aklına gelen parlak bir fikirle gülümsedi. Keyifle kahvesini yudumlarken, bir yandan da hazırlanmaya koyuldu.

Siyah bir pantolon, üstüne yine ince, siyah bir bluz ve bir ceket giydi. Yüzüne sade ve hafif bir makyaj yaptı. İlkyaz gözleri ortaya çıkmıştı. Aynada gördüğü kadını sevmişti. Mutlu bir biçimde çantasını alıp dışarı çıktı.

Kapının hemen karşısında Şekerli, aynı koltuğunda ve dizlerinde yatan Gazoz'u ile hayatta hiç değişmeyen şeyler gibi öylece duruyordu. Günaydın demek için yanına doğru yürümeye başladı. O henüz Şekerli'ye varamadan, mahalleden biri olduğu bariz bir kadın, koltukta oturan Şekerli'ye çıkışmaya başladı.

Orta yaşların biraz üstünde, altında kot pantolonu, üstünde biçimsiz bir mont, boya olduğu belli sarı saçları ile dağınık yüzlü biriydi. Sinirli sinirli konuşuyordu:

"Evladım senin evin yok mu? Sen neden sürekli buradasın? Biz tedirgin oluyoruz senden. Bir de şu yaşam tarzınla insanlara akıl vermeye kalkıyorsun. Şikâyet edeceğim seni. Korkutuyorsun insanları!"

Şekerli, duydukları karşısında gayet umursamaz bir tavır ve ukalalık ile cevap verdi:

"Hanımefendi ben deliyim. Benim cezai ehliyetim yok. Boşuna yorulmayın."

Kadın aynı kızgınlık ve daha da büyük bir öfkeyle konuşmaya devam etti. Ağzından sıçrayan tükürükleri köşedeki pastaneden görmek bile mümkündü.

"E dün burada, ben deli değilim diye bağırıyordun."

"İşime geldiği zaman deli, işime geldiği zaman değilim. Bence siz de öyle yapmalısınız. İnanın, bu rezil dünyanın kahrı başka türlü çekilmez."

Umay, kenardan kahkahayla olan biteni izliyor, Şekerli'nin kadını çıldırtmasına doyamıyordu. Kadının söylenmeleri bitmiyor, Şekerli ise kadının sözlerini ağzına tıkamaya devam ediyordu. Görüşmeye geç kalmamak için, Şekerli'ye görüşürüz diye el salladı. Hızla yürürken hâlâ Şekerli'nin söylediklerine gülmeyi sürdürüyordu.

El yapımı rengârenk reçeller, çeşit çeşit peynirler, sıcak hamur işleri, zeytin ağacından el işi tabaklar büyük bir uyumla dizilmişti. Kahvaltı masasında keyifle geçiyordu vakit. Kürşat, ilk kez Sencer'in avuç dolusu gülüşünü görüyordu. Neşeli haliyle çocukların dünyanın umudu olduğu gerçeğine bir kez daha inanmıştı.

Sencer önüne konan her şeyi iştahla mideye indiriyor, heyecanla sevdiği şeyleri anlatıyordu. Uzun zaman sonra ilk kez böylesine mutlu oluşu gözlerindeki ışıktan yansıyordu. Bugün Kürşat'la köyü gezecek, ona buranın hikâyesini anlatmaya çalışacaktı.

Sencer'in hiç doymayacağını düşünen Kürşat, odasına çıkıp üzerine bir şeyler almak için masadan kalktı.

Döndüğünde doymuş küçük adamının kapıda heyecanla onu beklediğini gördü. Lunaparka kavuşma heyecanı taşıyan bir kalp gibi atıyordu Sencer. Kürşat, usulca saçlarını okşadı küçük adamının... Ve elini tuttu. Bu tutuş, Sencer'in minik yüreğinde sımsıcak bir his yarattı. Çok uzun yıllardır yaşamadığı, belki küçücük dünyasında en çok dilediği şeylerden biriydi.

Konağın büyük kapısından çıktılar. Karşıda dizili kahvelerdeki onlara dönük gözlerin üstüne doğru adımlıyorlardı. Hiçbirinde sevgi yoktu. Lanetli iki ruh gibi izleniyorlardı. Minik ön bahçeyi geçtikten sonra, kahveyle oteli ayıran yola vardılar. Jandarma aracı onları almak için bekliyordu ancak Kürşat gitmelerini ve beraber yürüyeceklerini söyledi. Askerler ısrar edip ikna etmek için uğraşsa da çabaları nafile kaldı. Kürşat, korkmadığını sereserpe göstermek istiyordu. Kahvelerin bitimindeki yola doğru girmek üzereyken, aniden geri doğru adımladı. Sıkıca elini tuttuğu Sencer'i arabaya bindirdi. Şoföre biraz ilerlemesini ve onlara yetişeceğini söyledi. Kahvelerin ortasına geldiğinde, ona dönük olan duygusuz ve ruhsuz gözlere büyük bir sesle çıkıştı Kürşat.

"İlahi adalette zamanı aşımı yoktur. O mutlaka tecelli edecektir. Siz cehennemsiniz."

Şaşkına dönen köylüler hiç ses çıkaramadılar. İçlerinden birkaçı amaçsızca homurdansa da kimseden net bir ses gelmedi. Birkaç saniye bir şey söyleyen çıkar diye bekledi, kimsenin o cesarette olamadığını görünce gitmesi gereken yöne doğru ilerledi.

Hızla arabaya yetiştikten sonra, bindiği ön koltuktan arkada oturan Sencer'e dönerek "Sana çok sevdiğim bir filmin repliğini söyleyeyim mi küçük adamım, asla unutma ama bu sözü.

'Bir gün nerede yaşayacağız biliyor musun? Cennet şelalelerinde.' "

Kürşat, köylülere bu işin peşini bırakmayacağını, ortaya çıkmayan şeylerin başka bir güç tarafından da mutlaka izlendiğini göstermek istemişti. Bu insanlar, dillerinden düşürmedikleri inancı yaşamlarına geçirmekte sıfırdı. Her şeyi onun adıyla yapar gibi görünürlerken aslında yaşam tarzlarında bundan eser yoktu.

Sencer, sevildiğini ve ona yardım edilmek istendiğini içinde mutlulukla fark ediyordu. Babasını kaybetmesinden bu yana ilk kez korunuyor, ilk defa bu kadar sıcak bir eli tutuyordu. Terk edilme korkusu yaşayan herkes gibi, tutunduğu eli sıkıca sarıyordu. Her şeyin farkındaydı, onun için yapılanların, korunduğunun, en önemlisi, sevildiğinin. Bu onun umuduydu. Bu umuda sımsıkı sarılacaktı. Çocuk kalbi bahar gibiydi.

Kilometrelerce uzanan zeytinlik alanın içinde, elinden tuttuğu çocuğun peşinden sürükleniyordu Kürşat. Ne o nereye gittiklerini soruyor ne de küçük adam buna dair bir fikir veriyordu. Zeytinliğin bitimindeki bir ceviz ağacını aşıp minik bir tepeye ulaştılar. Denizin maviliği göz kamaştırıyordu. Karşılarında biri kaşığı, biri kuzey ülkelerini andıran iki küçük ada uzanıyordu. Köpük köpük bulutlar, sanki yarım metre önlerindeymiş hissi uyandırıyordu. Uçsuz bucaksız bir hayal tarlası gibiydi.

Sencer, heyecanla manzarayı izleyen Kürşat'ın nasıl etkilendiğine bakıyordu. Bu durumundan mutlu olarak, minicik elleriyle gülüşünü saklamaya çalışıyordu. Kürşat, başını yanına çevirip hayranlıkla:

"Burayı senin kalbin nasıl buldu?"

"Elfida öğretti."

"Elfida da kim?"

Bu soruşun ardından Sencer'de anlamsız bir surat ifadesi oluştu. Nedeni belirsiz bir gülüş ve utançtan kızaran yanaklar... Kürşat, bu ifadenin ne demek olduğunu bal gibi biliyordu.

"Çok mu güzel Elfida?"

Sencer'in kızarması artsa da küçücük yüreğinin aslında ne kadar derin olduğunu belli ediyordu.

"Bence güzel kelimesi ondan türemiş. Yüzünü sanki çiçeklerle yıkıyor, bildiğim bütün güzellikler onda toplanmış."

Kürşat, küçük şair karşısında kahkahayı bastı. Duyduğu cümleyi bu minik kalbin kurduğuna inanamasa da Sencer'in çok zeki ve duygusal bir çocuk olduğuna emindi artık.

"Onu sevdiğini biliyor mu peki?"

"Bilmese gözleri bana öyle gülümsemez. Her şeyi söylemek mi gerekiyor? Bazı şeyler hissedilir."

Kürşat, hayatın çocuklardan öğrenilmesi gerektiğini en iyi bilen kişiydi. Onların duyguları örtülü olmazdı. Duygularını anlatacak kişiyi bulmaları yeterliydi. Sevgi ve güven besledikleri insana karşı, tıpkı önlerinde duran deniz gibi masmavi açılırlardı. Yine de duydukları karşısında şaşırmamış değildi.

Sencer manzaraya dönüp toprağa oturdu. Bağdaş kurup, uzayıp giden maviliğe doğru dönerek devam etti:

"Sen de bana beni sevdiğini söylemedin ama beni sevdiğini biliyorum."

"Nereden biliyorsun?"

"Ben seninle el ele yürüyünce dünya arkamda kalıyor. İyi veya kötü biri olman umurumda değil. Korkma ama sakın! Ben de seni seviyorum. Daha da önemlisi, bazen insanlar sevdikleri şeyi sevmek istemezler ama ben seni sevmeyi de seviyorum."

Kürşat, gözleri dolmuş, boğazı düğümlenmiş, yüreği ısınmış bir ruhla sarıldı Sencer'e. Küçük başını omzuna yasladı. Gözlerinden akan tek yaşa, kalbinin derinlerinden gelen cümleler eşlik etti:

"Dünya sevdiklerimizin gözleri kadar güzel. Annemizin elleri kadar merhametli. İhanet eden insanlarımız kadar kötü. Umutlarımız kadar beyaz ve âşık olduğumuz kadar pembe."

Dünya bütün çirkinliği ve aynı oranda güzelliğiyle dönmeye devam ederken, tüm insanlardan uzakta, küçük bir çocuğun kocaman kalbine şahit oluyordu.

Umay, harika bir iş görüşmesi geçirmişti. Orta yaşın biraz üstündeki tonton bir müdürle görüşmüş, banka işini kapmış sayılırdı. Sadece on günlük bir eğitim alacak, onun için çok basit sayılacak bir sınava girecekti. İçindeki neşe tüm zerrelerine dağılmış, ruhundaki tüm umutsuz ve mutsuz taraf ölmüştü. İşe başlamadan müdür olacağı günün hayalleri aklında dönmeye başlamıştı bile.

Yürüdüğü kaldırımlara basmıyordu adeta. Çocuk neşesi yerine gelmiş, deniz kıyısını andıran gülümseyişi yüzüne geri dönmüştü. Heyecanla, kargo bulmaya çalışıyordu. Dün gece yazdığı mektubu Kürşat'a gönderecekti. Bir de bakıp onu hatırlasın ve yaptığı tüm hataları, muzırlıkları affetsin diye ahşaptan bir Pinokyo almıştı.

İçindeki deli kadın dönmüştü işte. Eskisi gibi hissediyordu. Umutlu, güzel ve güçlü. Gülücüklerle ilerliyordu kaldırımlarda. Sağ köşede gözüne çarpan kargo şirketine heyecanlı adımlarla yürümeye devam etti. İnsanlara çarpa çarpa, çarptıklarından özür dileye dileye dükkâna vardı. Küçük kutudaki Pinokyo'sunun yanına yazdığı mektubu iliştirdi. Özenli harflerle kargo bilgilerini doldurup köydeki jandarma karakolunun adresini yazdı. Kargonun bir gün sonra Kürşat'ın eline geçecek olması da mutluluğuna mutluluk kattı.

Dükkândan çıktıktan sonra, Kürşat'tan gelen mesaja cevap verme zamanının geldiğini biliyordu. İlkyaz gözleri parlıyor, içinde kuşlar uçuyordu. Çiçek yapraklarını andıran parmaklarıyla cevabını yazdı.

Elbiselerimizin yan yana dizildiğini görmek istiyorum.

Giden mesaja bakarken, havalanan küçük mektupla birlikte yüreği de Kürşat'a kadar uçmuştu. Mahallesine doğru yürürken onunla yaşayacağı mutlu ve huzurlu günleri düşledi. Annesini de yanlarına alacakları küçük mutlu yuvayı arzuladı.

Bütün hayat hikâyesini bilen tek insandı Kürşat. Tüm hatalarını, günahlarını, ağrılarını ve pişmanlıklarını ona anlatmıştı. Birbirlerine sarılıp hıçkırarak aşmışlardı bunları. "Benimle ağlayan insanları unutmam" diye fısıldamıştı sevdiği adama. Hepsi geride kalmıştı artık. Her şeyin güzel olacağına inancı tamdı. Mahallesine girdiği an neşesi sokağı doldurdu. Güzelliği kar taneleri gibi pırıldıyor, karşıdan geçen, yolda yürüyen, camdan bakan insanlara, hatta esen rüzgâra dek dokunuyordu. Buz soğuğu havanın içinde sımsıcak duran oydu. Kürşat görse, 'işte dünyanın en güzel kadını geliyor' derdi.

Her zamanki koltuğunda oturan dostuna doğru yürüdü. Sabah olan atışmadan ötürü konuşamamışlardı. Hem de ona güzel haberi vermek istedi. Sıcak yüzüyle gülümseyip saçını kulağının ardına attı. Arkadaşına takılmak istercesine işveyle, "Beyefendi, sizi çok beğeniyorum. Bir yemeğe ne dersiniz?" dedi.

Şekerli, her zamanki rahat ve umursamaz tavrı ile her işittiğine verdiği muhteşem karşılıkların adamıydı. Yüzü yarım dönük halde, sol kaşını kaldırarak, o bilmiş haliyle yine kendine yakışanı yaptı:

"Birinin beni beğenip beğenmemesini çok önce aştım. Tek isteğim anlaşılmak oldu. Şu kesin ki, biri seni anlıyorsa ne durumda olursan ol, seni sevmenin yolunu da buluyor. Güzellik zamanla yok olabiliyor ama anlamak ve anlaşılmak eskidikçe güzelleşiyor."

Duyduklarına birazcık bozulsa da, bu durum neşesini kaçırmaya yetmedi Umay'ın:

"Benim zaten Kürşat'ım var. Ben size eğlenecek erkek gözüyle bakmıştım."

İkisi de gülüşerek birbirlerine göz kırptı. Bu mutlu, sıcak ânı daha da pekiştirdi Umay:

"İşe alındım Şekerli. İçim kuş yuvası gibi. Çok rahatladım. Kürşat'a olan hislerimden de artık eminim. Kafamdaki çöpler için onu bir daha bırakmayacağım."

"Tebrik ederim seni. Başarılı olacağından eminim. Bir dost

tavsiyesi istersen, sen daha önce sevdiklerinden zarar gördüğün için sevilmekten korkuyorsun. Ancak Kürşat'ın sana beslediği sevgi beyaz. Bu da seni en fazla gelin yapar."

Umay, arkadaşının da aynı şekilde düşündüğünü fark edince içi daha bir huzurla doldu. Şekerli ile Kürşat daha evvel tanışmış, uzun bir sohbete girişmişlerdi. Şekerli, Kürşat'ın sesinde, gözünde, kirpiğinde dahi görmüştü Umay'ı. Yaşadığı eski hislerin tozunu havalandırmıştı hatta bu sevme biçimini tanıması.

Umay, Şekerli'ye teşekkür ederek karşı kaldırımdaki evine doğru yöneldi. İçindeki özlem duygusuyla uçan kalbini en çok istediği dala kondurmak istiyordu. Kapısını en mutlu açışlarından biriydi bu. Kendini evinde en huzurlu hissettiği an. Çantasını koltuğa fırlattıktan sonra cebindeki telefonu çıkararak 'kırmızı elma' logosuyla kaydettiği sevdiğini aradı. Birkaç çalıştan sonra telefon açıldı.

"Efendim çiçeğim."

"Sarılalım mı?"

"Ben seni iki kere seviyorum. Biri adam, biri çocuk. Hangisini seviyorsan ona sarıl."

Sarılalım mı sorusu, Umay'ın 'özür dilerim' ve 'seni çok seviyorum' cümlelerinin karışımıydı aslında. Bu onun çocuk kalbiydi. Koşa koşa saklandığı yerler, kendinden kaçtığı izlerdi. Yolculuklarının kavuşma ânıydı. Bu onun yüreğinin ekmeğinin merhamet kokusuydu. Bu tür beyazlıkları Kürşat'ı ona âşık etmişti. Onu dünyadan ayıran, onun hislerinde başka tutan buydu.

"Kafka, doğuştan sakat bir kuşu uçurabilmek için on iki yıl uğraşmış. Sana karşı hissettiğim şey bir mecburiyet, yalnızlığımı örtmek değil. Ben seni tam manasıyla seviyorum. Çok güçlü, ancak asla bir bağımlılık değil. Yalnızca, herkesten öğrendiğine benzemiyor. En ufak sorunda kaçan, egosu olan, ispat arayan bir duygu beslemiyorum sana. Birini her şeyiyle sevmek işte bu."

"Ben de senin için her şeyi yaparım."

Umay, bunu çocuksu bir şefkatle söylemişti. Yorgunluğunu atar gibi, bir omuza yaslanıp uyur gibi. Kürşat'ın tüm hücrelerine sızmıştı o ses tonu. Ona duyduğu kuvvetli bağı daha da derinlere indirmiş, kopup savrulmasını imkânsız bir hale getirmişti.

Kürşat, içindeki dayanılmaz özlemi sevdiğinin sesine ulaşınca daha da arsızlaşan ve coşan sevgisini tüm inancıyla fısıldadı.

"Ben seni sevmeyince, bir şeyleri eksik yapıyormuşum gibi hissediyorum. Sen olmadan da her şeyin çok güzel olması mümkün lakin seninle anlamlı, sen duyunca güçlü. Sen, 'seni seviyorum'un annesisin. Bu çiçeği incitme, koparma."

Umay, sessizce dinledi. Başka bir yüreğin kendisine duyduğu hisleri kalbine bastırdı. Şefkatle ördü ruhunda. Yine o bilindik, merhametli sesiyle cevapladı:

"Seni seviyorum."

En son görüştükleri gece Kürşat sormuş, Umay cevaplamıştı. Sevdiği kadının geçtiği ağrılardan geçmişti gözleri. Ona gösterebildiğinden çok daha fazlası ise kalbine kazınmıştı. Umay'ı uyurken izlemiş, elleri saçlarında gezmiş, kirpiklerinin altına öpücükler kondurmuştu. Ona bakarken, sanki tek dal bir çiçeğin yanı başına narince bırakıldığı hissine kapılmıştı. O gün kalbiyle onu asla bırakmayacağına, tüm ağrılarına sevgi

olacağına söz vermişti. Birlikte sahaftan aldıkları kitabın içine notlar yapıştırmış, o arada uyanır gibi olan Umay'a durumu çaktırmamak için epey uğraşmıştı. El ele hayatın arasından geçip kalabalıklardan sıyrılarak Beşiktaş-Kadıköy vapuruna dek yürümüşlerdi. Umay vapura binerken Kürşat onun gidişini izlemiş, Umay dönüp ona her baktığında bir kez daha, bir kez daha âşık olmuştu.

Vapur mavi suları köpüğe dönüştürürken ne Kürşat ne de Umay bunun birbirlerine son sarılmaları olduğunu asla bilmiyordu.

“

Soğumak, birine karşı beslediğimiz
temiz duygunun onun kalbinde kirli
olduğunu görmek.
Bir kalbe karşı hissettiğimiz
‘inanç ölmesine’ soğumak diyoruz.

Başı iki elinin arasında, hepsi birbirinin aynı olan ifadeleri okuyordu. Bütün köy üç maymunu oynamaya yeminli gibiydi. Kimsenin çıtı çıkmıyordu. Bu sessizlik onu korkutuyor, bunun devamının geleceği düşüncesini bastırdıkça bastırıyordu. Eli kolu bağlanmış halde çaresizce bir ışık aramaktaydı Ahmet. Aklının ve vicdanının korkularını, içeri giren Kürşat dağıttı.

Gözlerinin içi güler halde, elinde ahşap Pinokyo'su ve mektubuyla birlikte içeri daldı. Ahmet hiçbir şey yokmuş gibi davrandı, Kürşat'ı da korkutmak istemiyordu. Meraklı gözlerle Kürşat'ın elindekileri işaret ederek, "Hayırdır, terapi için mi kullanıyorsun onu," diye sordu.

Başta ne dediğini anlamayan Kürşat, sonradan elinde gezdirdiğini fark ettiği ahşap Pinokyo'yu saklayarak, "Umay göndermiş. Birkaç küçük yalanına karşı özür dilemek amacıyla," dedi.

"Ya da aslında kim olduğunu tam anlaman amacıyla."

"O öyle biri değil."

"O cümleye, o duyguya o kadar kuvvetli yaslanma, düşersin. Bak o cümle cehennemdir. Bir gün diri diri yakar seni. Kimse de yardım edemez."

Kürşat, arkadaşının söylediklerine pek aldırmadan, her zaman olduğu gibi kalbinin fısıltılarını dinledi. Ahmet konuyu hızla değiştirdi:

"Sencer ile annesi gelecek birazdan seninle görüşmek için. Sende durumlar ne âlemde? Nasıl gidiyor Sencer'le?"

"Pek bir görüştük denemez ama Sencer çok güçlü bir çocuk. Yaşadıklarına rağmen içinde gökkuşağı ile yaşıyor. Ancak burada ve bu şartlarda gelecek onun için karanlık."

Olayı daha da ciddiye alır ve işini hatırlatır gibi devam etti konuşmaya Kürşat:

"Bak Ahmet, bu birkaç konuşma ya da ona suçlu olmadığını aktarma ile olmaz. Bu uzun yollu bir süreç ve bu çocuğun onu anlayan, kalbi olan insanlara ihtiyacı var. Bu köyde bunları bulması imkânsız."

Ahmet, bildiği gerçekleri bir de Kürşat'tan dinleyince artık elinde bir şey kalmadığını anladı. Belki Kürşat bir umut olur inancıyla onu çağırmıştı ancak işin travmatik boyutunun süresini pek de hesaba katmamıştı. Bir şeyler yapmak istiyor ama çarenin onun elinde olmadığını da artık kesin olarak biliyordu.

İpinden kopan bir uçurtma mutluluğuyla içeri daldı Sencer. Arkasından gelen annesinden çok, ona kol kanat

geren iki adama doğru sevinçle atıldı. Kırklı yaşların başında olan, neler yaşadığı, düşündüğü, hissettiği belirsiz bir surat ifadesine sahip annesi de peşinden geldi. Orta boylu, hafif kilolu, boya olduğu aşikâr sarı saçları ve istemsiz gözleriyle sarılmalarına baktı. "Hoş geldiniz" diye cılız bir sesle başını salladı kadına Ahmet. Oturmasını rica eder biçimde koltuğu gösterdi. Acelesi olduğu ve bir an önce kurtulmak istediği belliydi, adeta bir ruh gibi görünüyordu kadın. Memnuniyetsizliğini pek de içinde tutamadan söze girişti.

"Komutan Bey, yaptıklarınıza teşekkür ederiz ancak beyim de, ben de durumdan hoşnut değiliz. Devlet zaten yardımcı oluyor, artık siz iyisi mi karışmayın bu olaya. Zaten kısa zaman sonra yuvaya gidecek. Ben de yoruldum kadın başıma bu kadar şeyle uğraşmaya. Beyimi de mutsuz ediyorum."

Ahmet, kafasına kurşun yemiş gibi oldu. O kadar uğraşı, emek ve çabası karşılığında kendi çocuğu için kılını kıpırdatmaktan aciz bir anne vardı karşısında, bu onu insanlık konusunda bir kez daha hayal kırıklığına uğrattı. Çocuğunun ruhundaki yaraları, yaşadıklarının hayatına etkisini hiç düşünmediğini, küçük kalbinde solan şeylerden hiç haberdar olmadığını anladı.

İnsanlıktan bir kez daha soğumuştu. Tüm bunlar yaşanırken, kadının karşısında oturan Kürşat olan biteni hayretle izleyip dinliyor ve aklındaki planı kalbiyle tartıyordu. Sessizliğini bir çırpıda, hatta söylerken söylediğinin bile farkında olmadan hızla dağıttı.

"Bana verin. Bana verin Sencer'i evlatlık olarak."

Kürşat'ın cümleleri odaya dağıldığı an herkes bambaşka bir ifadeye bürünmüştü. Kadın, şaşkınlıkla pedagog olduğunu henüz anladığı Kürşat'a bakıyordu. Ahmet ise, hiçbir umut olmayan olayda bir mucizenin gerçekleştiğini görerek gülümsüyor; tüm bunların ortasında her yanı çekiştirilen Sencer'in kalbi hızla atıyordu. Oda tüm zıtlıklarla harmanlanmış duygularla kaplanmıştı.

Heyecanla gözlerinin içi parıldayan Ahmet, odada havai fişek gibi patlayan Kürşat'ın sözleri üstüne çocuksu bir mutlulukla konuyu daha da derinleştirdi.

"En güzeli işte. Hem pedagog, hem iyi gelirli bir insan, hem de Sencer'in sevdiği biri."

Kadın, şaşkın bir biçimde, az da olsa hâlâ tam olarak ölmemiş annelik duygusuyla mutlu oldu. Aynı oranda, Sencer'den tamamen kurtulacağının bilincindeki şeytani yönü de hâlâ yaşıyordu.

"Benim içim daha rahat eder sizin gibi biriyle yaşayacak olması durumunda. Yurtlarda neler olduğu bilinmiyor sonuçta. Ben beyimle görüşeyim, size söylerim o halde."

Kürşat, durumu daha da içselleştirerek, sahiplenme duygusuyla, kadının cümlelerinin ardından atıldı:

"Ben hemen evrakları hazırlatırım. Hatta Sencer'i alıp giderim. İşlemleri avukat aracılığıyla hallederiz. Buradan ne kadar çabuk çıkarsa o kadar iyi."

Ahmet sevinçten koltuktan uçacak haldeydi. Resmen arkadaşının ağzından çıkan kelimeleri coşkuyla izliyor, bir o kadar da çocuksu bir sevince kapılıyordu. Şaşkınlıkla Kürşat'ın bunu neden yaptığını anlamayan kadının bakışlarını incelerken umutlu ses tonunu takınarak iknaya girişti:

"Hem senin için hem Sencer için bundan iyisi olamaz. Yurtta on sekiz yaşından sonra bırakılacak. Kürşat'la ömür boyu hem huzurlu olur, hem okur başarılı olur."

Tüm bunları Sencer'in ağlaması susturdu. Kimse ona neyi isteyip istemediğini sormuyordu. Babasızlığı öğrenemeden, kendi gözleri önünde annesi de ondan vazgeçiyordu. Kürşat'ı sevmişti ancak kendi annesinin onu bırakacağına hiç inanmak istememişti. Kalbinin önünde ölen şey ailesiydi.

Kürşat, hızlıca küçük adamının yanına gidip başını göğsüne yasladı. Bir süre ağlayıp rahatlamasını bekledikten sonra, avuç içleri ile yüzünü gözlerinin hizasına getirdi. Karşısındaki çocuktan daha çocuk olan içten bir ses tonuyla sordu:

"Benimle gelir misin? Benimle yaşamak ister misin?"

Sencer, son anda itiraz etmesi, onu bırakmaması, bir mucize olması için yalvarır gözlerle göz ucuyla annesine baktı. Hiçbir ses duyamadı. Annesini o bakıştan sonra öldürdü. Tüm kalbiyle Kürşat'a baktı, "İki kirpik üst üste" diye mırıldandı.

İki gün sonra, yeni işi öncesi alacağı eğitime gitmek için hazırlanıyordu Umay. Her kadın gibi bir türlü neleri alacağına karar veremiyor, aynı zamanda da neleri alması gerektiğini kendine sık sık hatırlatıyordu. Dışarıda buz kesmiş bir hava, içinde de o mutsuz taraf yine açığa çıkmıştı. Elleri dağınıktı, saçları çok yaşamıştı, kalbi henüz iyileşmemişti. Bunu artık tam anlamıyla hissediyordu. Toparlanmayı bırakıp yatağın üstüne oturdu. Her yana dağılmış eşyalara benziyordu yüzü. Kalbi, birini incitecek olmanın sonbaharını taşırken bir yandan da bununla yaşayamayacağını kendine tekrar eder haldeydi. Parmak uçlarıyla, onu bu hayatta en çok seven adamın üstüne bütün geçmişinin ve tozunun ağrısını yıktı. Ne yaptığını biliyordu lakin Kürşat'ın ne yaşayacağından habersizdi.

Ben hem bu hayatı, hem seni taşıyamıyorum. Daha önce yaşadıklarımdan dolayı birinin beni bu kadar sevmesinden korkuyorum. Yeni bir hayata başlamak istiyorum. Lütfen kendini yıpratma, üzme. Belki de Allah seni iki kişilik bir yalnızlıktan korudu.

Giden küçük mektubun ardından dağılan ruhuyla birlikte eşyalarını toplamaya koyuldu. Çocukluğundan beri sarılmak istediği sevgiyi şimdi bulmuştu ama artık o istemiyordu. Aidiyet olmasın istiyordu. Kendi köşesinde, kendi elleriyle olmak istiyordu. Birine bağlılık duymaktan aldığı dersler, kötü tecrübeler yeni bir şeyin filizlenmesine henüz müsaade etmiyordu. Kalbi yaşlı bir kan ile akıyordu.

Yatağa yattığında tüm yaşadıklarını aklının camlarına çarpıyor, kırılan camları umursamıyordu. Kesilen ruhu, dikiş tutmaz korkuları ve gitmekten korkmadığı yolları netti. Düşüncelerinin ortasında, dışarıdan yükselen Şekerli'nin seremonisini duydu. Cama çıkıp onu izlemeye başladı.

"Bayanlar ve baylar, ben onların gördüğü ve söylediğiyle Şekerli. Ölüm, doğum ile başlar. Milyonlarca okunması gereken kitap, birbirinden farklı ama güzel kokan çiçekler, keşfedilmesi gereken harika şehirler, başının okşanmasını bekleyen hayvanlar, sevmenin ve sevilmenin sıcak hırkası, hepsi sizin için var. Durmadan koşarak yetişmeye çalıştığınız şey, ölüm. Lütfen, birazcık durun ve birbirinize daha çok sarılın."

Dondurucu havada örttüğü pencerede, buz tutmuş duygularını da kapattı. Kalbini kullanmaktan artık vazgeçmişti.

Dönüp tekrar uzandığı yatağın içinde gözleri tavana dikili bakıyor, yeni kuracağı hayatın raylarını çiziyordu. Artık özgürdü. Yükünü boşaltmış her şey gibi hızlanmak istiyordu. İçindeki umut tarlası yeni yolların ışıklarını yakıyordu. Dışarıdaki buz kesiği soğuk artık ona uzaktan görünen evler kadar keder verebilirdi. Artık orada ne hayat yaşandığını bilmek istemiyordu.

Sokaktan, uzak bir ses gibi gelen Şekerli'nin şarkı söyleyişini duyuyordu. İlk defa şarkı söylemesi ilginç gelse de, kalkıp ona bakacak ya da seslenecek gücü kendinde bulamadı.

Kendime benzettim yanışlarını,
Yönsüz yolsuz kanat çırpışlarını,
Eğilmeden güneşe özgür kalışlarını,
Bir mevsimlik hayat buluşlarını.

Ses giderek cılızlaştı. Umay'ın çizdiği tren rayları yavaşça gözünde buğulandı. Gazoz'un umurunda olmayarak döndü dünya. Bir daha hiçbir şeyin eskisi gibi olmayacağı yeni hayat başladı.

Telefonuna gelen mesaj, durmadan beyninin içinde yankılanıyordu. Bir yandan karakolda oturmuş Sencer'in gelmesini bekliyor, bir yandan midesindeki ağrı ve içindeki kırgınlıkla hayal kırıklığı, umutsuzluk ve korku duyuyordu. Sigaraları yanıp sönüyor, oda gri bir alana dönüşüyordu. Tek kelime etmiyor ama içinde durmadan konuşuyordu. Umay'a karşı en güçlü, en kuvvetli bağları hissettiğinde yıkılmıştı duvarları. Onu kazandığını sandığı, artık anlaşıldığını ve sevildiğini düşündüğü an düşmüştü yüreği. Tam göğsünden almıştı yarayı. Yüzünü kendinden dahi saklıyor, hiçbir duygusunu belli etmemek için direniyordu.

Ahmet anlamıştı durumu. Göz ucuyla arkadaşının karşısında eriyişini görüyor, bir şey söyleyip söylememek arasında bocalıyordu. Hiçbir tesir etmeyeceğini bilse de yine de arkadaşına yardımı olur düşüncesiyle dayanamadı:

"Sevdiğimle ayrıldığımda, bir dakika boşluk vermeden içimde sürekli onunla konuşmuştum. Deliriyorum sanıyordum meğer unutuyormuşum."

Kürşat, içindeki savaşı susturup Ahmet'i duyabildiğinde kırılgan bir çocuk gibi, yaşadıklarını kabul edemez bir can ağrısıyla arkadaşına baktı. Kendisini sıktığı ve olanlara hâlâ inanamadığı, uykusuz gözlerinden sızıyordu. Kan oturmuş gözleri, yüzündeki sarılık, elini ayağını bir yere koyamayışı, art arda artarak devam eden sigara yakışları, kirpiklerinde gezinen bulut saklanamıyordu. Kısa bir sessizliğin ardından Ahmet'in sözlerini idrak etti; incinmiş sesi ve ağlamadan önceki son çırpınışını yansıtan sözcükleriyle bütün ağrısını akıttı:

"Birbirini bir zaman dilimi dahi olsun sevmiş insanlar birbirinden ayrılır. O benden ayrılmadı, o benden kurtuldu."

Kelimeler Ahmet'in de kalbine sıkışmıştı artık. Arkadaşının yaşadığı hayal kırıklığını ve güveninin nasıl zedelendiğini daha net anladı. Bir şey söylemek istedi ancak bunu başaramadı. Başını usulca sallayıp anlıyorum demeye çalıştı. Duman dolu odayı, elleri montunun cebinde meraklı ve sevimli gözleriyle içeri giren Sencer dağıttı.

Ahmet, arkadaşına 'kendine gel' der gibi sorumluluğunu hatırlattı:

"Bak küçük adamın geldi! Yeni bir hayat var senin için artık."

Kürşat, Sencer'in yüzüyle biraz olsun ağrısını hafifletti. Yığılmış gibi oturduğu koltuktan kalkarak tek kelime etmeden Sencer'in elini tuttu, odadan ayrıldılar. Uzun, soğuk koridoru geçip karakolun arkasındaki küçük bahçeden sokağa çıktılar. Tek kelime etmeden uzunca yürüdüler. Sencer onu başka bir yola doğru çekerken;, Kürşat hâlâ kendi içinde Umay, ona olan kırgınlığı ve her şeye rağmen devam eden sevgisiyle konuşmaya devam ediyordu. Sencer'in onu çekip götürdüğünün farkında bile değildi. Bir müddet yürüyüşün ardından, denize bakan bir kayalık dibine geldiler. Etrafı ağaçla örülü, yer yer çiçeklerin açtığı bir manzara ile karşı karşıya kaldılar. Oturmalarından birkaç dakika sonra, Sencer'in yaşlarına yakın çimen gözlü bir kız çocuğu daha belirdi. Sencer kalkıp kızın yanına giderken, Kürşat ne olduğunu anlamaya çalışırcasına onlara doğru bakıyordu.

Sencer, gözlerini hiç kıpırdatmadan, bir saniye olsun ondan ayırmadan yoğun bir duyguyla kızın gözlerine bakıyordu. Kürşat'ı bir kez daha şaşırtan ve onu evlat edinmesinin en doğru karar olduğunu hissettiren an oldu bu.

"Masallar var mı bilmiyorum ama sen varsın. Bence şiir kitaplarında adın geçmeli Elfida."

Elfida, dünyanın en güzel çiçeğini andıran yüzüyle gülümsedi. Gözleri yumuşacıktı. Kirpikleri, rüzgârda sallanan sarı yaprakları andırıyordu. Sencer'in gideceğini hatırlayınca da yüzü düştü. Unutulmak istemeyen büyük küçük her yürek gibi dua edercesine mırıldandı:

"Adımı sakla olur mu? Hiç eskitme, hiç eksilme."

Uzunca birbirlerine sarıldılar. Kürşat, kendi yaşadığı duygular ile iki güzel temiz kalbin yaşadığı ağrının arasında sıkışmış, onları izliyordu. Sencer, hiç istemeden yaşadığı bu kadar duygunun ve zorluğun içinde sakladığı o büyük yanını, babasından dinlediği kitapları, ezberletilmiş ya da ruhuna işlenmiş kelimeleri kalbine çok iyi kazımıştı. Bu ona kendini hayatta önemli hissettiren tek duyguydu. Aynı saflıkla parladı kelimeleri:

"Senin adın ağzımdan çıkarken dünyanın en güzel kirpikleri yan yana diziliyor Elfida. Adını kalbimde hep tekrar edeceğim."

Elfida, "Teşekkür ederim" diyebildi sadece. Sencer son bir heyecanla ve gitmesi gerektiğini hatırlamasıyla ileriye atıldı:

"Babam, annem bana kızdığı zamanlarda gözlerini birkaç saniye kapatıp açardı. Bu seni seviyorum, sana sarılıyorum demenin sessiz haliydi. İki kirpik üst üste yani. Beni her özlediğinde ve hatırladığında öyle yap olur mu? Çünkü ben hep öyle yapacağım."

Elfida, Sencer'in sözü daha biter bitmez mırıldandı:

"İki kirpik üst üste."

Gitmeyi istemediğinin kalp sesiydi bu, ancak Sencer'in böyle bir tercih şansı yoktu. Hayat ona seçim şansı sunmadığı gibi, ne istediğini soran bir insanı da yoktu. Son kez uzunca sarıldılar ve Elfida, ağaçlıkların içinden kendi hayatına doğru kayboldu. Sencer'in kalbi bir ayrılığı daha yaşamakla sınanacaktı. Boynu bükük bir halde, darmadağın olmuş ruhuyla Kürşat'ın yanına döndü. Küçük adamının başını okşayan Kürşat, kendisi gibi yalnız olan Sencer'e teselli verdi:

"Hayatın başka bir mevsiminde kavuşursunuz. Henüz bitmedi."

Gürültü camlardan içeri sızıyordu. Büyük bir kalabalıktan çıktığı aşikâr olan uğultu, derin uykusunu bozdu. Gözlerini açtığında ne olduğunu anlamaya çalışsa da anlam veremedi. Yataktan kalkmak istiyor ancak yorgun kalbi ve beyni onu zorluyordu. Bir yandan dağılmış eşyaları toplaması gerekirken, bir yandan gideceği eğitime hazırlanması için vakti daralıyordu. Tüm gücüyle kendini zorlayıp ayağa kalktı. Banyoda yüzünü yıkarken, içindeki Umay, Kürşat'ın nasıl olduğunu, neler hissettiğini, nasıl kırıldığını ona hatırlatmaya çalışıyor, diğer tarafı ise bu yaptığının şu an için zorunlu olduğunu ona anlatmaya çabalıyordu. Onu incittiği için derin bir keder duyuyordu, ancak hayatının bu dönemi için bundan başka şansı olmadığı gerçeğini durmadan kendine söyleyerek bu ağrıdan kendini haklı çıkarmak istiyordu.

Dışarıdan gelen gürültü içindeki kederi dahi bastıracak seviyeye ulaşınca, meraklı adımlarla hızla odaya yürüdü. Açtığı pencereden, Şekerli'nin oturduğu koltuğu gördü. Etrafı polis şeridiyle çevrilmişti, koltuğun önünde üzeri gazete ile örtülü biri yatıyordu. Gazoz'u yatan kişinin üstünden almaya çalışıyorlar, ancak korkularından yaklaşamıyorlardı. İki polis kalabalığı dağıtmak için uğraş veriyor, ancak herkes meraklı gözlerle sessiz sessiz ne olduğunu fısıldıyordu. Ne giydiğini dahi düşünmeden bir mont alarak çıktı. Giriş kat merdivenlerini büyük bir panikle hızlıca indi. Kalabalığa doğru yaklaştığında yüreğinde büyük bir telaş ve korku hissi hâkimdi. Tanıdık bir yüz arıyordu, ancak yaşadığı histen ötürü hiçbir kimseyi seçemiyordu. Dayanamayıp kalabalığı ittirerek şeridin önüne geldi. Gazoz birden yattığı adamın üstünden atlayıp Umay'ın ayakucunda ağlak miyavlamalara başladı. Sert rüzgâr gazete kâğıtlarını kaldırdı. Uçuşan gazete kâğıtları arasından Şekerli'nin donmuş ve kanı çekilmiş yüzü Umay'ın kalbine saplandı. Gözleri hiç olmadığı kadar büyüdü. Zihni, gördüğü şeyi birkaç saniye sonra idrak etti. Olanca hızıyla çöken binalar gibi tüm gücüyle dizlerinin üstüne düştü. Bütün kuvvetiyle ağlamaya başladı. Sokağı yırtarcasına bir çığlık, tüm kulaklara ilişti:

"Şekerliiiiiiiiiii!"

Şekerli'nin hikâyesi susmuştu. Gece bağırarak söylediği şarkının içeri sızan harfleri kalmıştı geriye. Koltuğu başka bir evsizin yaşama çabasına miras olmuştu. Kitapları mahallenin çocuklarına büyüklük edecek kadar dağılmıştı evlere. Kimliği belirsiz bir yalnızlık kaldırımlara çarpmış, insan yüreklerine ruh üflemiş, sevginin ne büyük bir güç olduğunu anlatmıştı. Geriye kalan Gazoz'u bir daha hiç o kadar sıcak bir dizde uyuyamayacaktı.

Umay, kalabalığın içinde onu ayıltmaya çalışan gözlere bakıyordu. Ne olduğunu, ne yaşadığını birkaç saniyelik düşünceden sonra fark edişiyle, acı hücrelerine iniyordu. En iyi arkadaşı göçmüştü. Bu dünyada evi olmamıştı ama buraya en çok o yakışıyordu. Donarak öldüğü her aklına gelişinde canı alev alev yanıyordu Umay'ın. Mahalleli bugüne dek bunu hiç düşünmediklerini vicdanları sızlayarak hatırlıyor, insanın kendine nasıl yenik olduğunu asla unutamayacakları bir ders ile öğreniyorlardı. Artık çok geç demek için bile çok geç olan yerdeydi Şekerli.

Umay, kaldırıma çökmüş hıçkırarak hem cesedi kaldırılan arkadaşına hem onu götürenlerin ardından haykıran miyavlamalarıyla Gazoz'a bakıyordu. Başına dikilen bir memur, hüzünlü bir sesle "Size bırakılmış," diyerek bir mektup verdi. Beyaz bir zarfın üstünde el "Umay'a' yazıyordu. Titreyen elleriyle aldı zarfı. Soğuktan titreyen bacakları, ağlarken kontrol edemediği çenesi ve birbirine vuran dişleriyle cayır cayır bir acıyla tekrar ediyordu:

"Şekerli, özür dilerim. Şekerli, çok özür dilerim."

Pişmanlık, insan yüreğinin çıkmaz sokağıdır. Değiştirilemez, tamir edilemez, bir yere varılamaz tarafı. Umay, o sokağın sonunda yalnız kalmıştı. Çevredeki esnafın desteğiyle ayağa kalkabildi. Her zaman oturduğu kafeye doğru iki koluna girmiş adamların sayesinde giderek sandalyeye oturabildi. Ardından koşarak gelen Gazoz'u görünce hıçkırıkları daha da şiddetlendi. Beyaz teni, kızarmış, iri güzel gözleri kan toplamıştı. Omzuna uzanan elleri fark etmiyor, aklına dostunun yüzü, kelimeleri, paylaştığı duyguları çarpıyor, bir dalgakıran gibi geri dönüyordu. İki işaret parmağıyla sildiği gözyaşlarının ardından sendeleyerek lavaboya yürüdü. Aynada yüzüne baktı, sonra yıkayıp masasına döndü. Üstüne geçirdiği hırkanın sol cebinden çıkardığı zarfı açtı. Yağmaya hazır gözleri, okuduğu ilk kelimelerin ardından gök gürültüsü ile birlikte kalbine indi.

Hanımlar ve beyler, ben onların gördükleri ve söylediğiyle Şekerli. Ben deli değilim, benim annem öldü. Babam tarafından defalarca kez bıçaklanarak.

Sizin korktuğunuzda, üşüdüğünüzde, hata yaptığınızda sığındığınız, barınmak ve sevgi bulmak istediğiniz çatının altında benim hayatım kaldı. Yaşamak için kelimeler aradım. Hayata ve insanlara tahammül etmek için kitaplar içtim. Başkalarının birbirini sevmesi için yalvardım. Sevgisizlik, ölümdü. Gözümle gördüm.

Eğer siz konuşmazsanız, sizi de konuşturmazlar. Siz sarılmazsanız, size de sarılmazlar. Siz el uzatmazsanız, düştüğünüzde size de el uzatmazlar.

Kollarınızı açıp rüzgârı yüreğinize almazsanız güneş sizi de yakar. Siz fedakârlık yolunu yürümezseniz cömertlik size de gelmez. Affetmenin derinliğine inmezseniz siz de nefretin soğuğunda boğulursunuz.

Bu dünyada herkese yetecek kadar çiçek, yemek, sevgi var. Lütfen paylaşın. Bu hayatta bir hikâyeniz olsun. Kalbiniz, kaderiniz olsun.

Benim adım Rezan.

“

Her ne yaşarsan yaşa,
Maviden, beyazdan, umuttan şaşma!
Düşsen dahi, hatta elin kan,
Sırtın geçilmese bile bıçaktan,
Adının geçtiği yerde
Karakteri konuşulan ağaç ol.
Unutma!
'Ağaçlar, ayakta ölür.'

Karakolun bahçesinde, soğuğa aldırış etmeden, askerlerin şaşkın bakışları arasında çimlere uzanmış sigarasını içiyordu. Rüzgâr yüzünü yıkıyor, toprak içindeki bütün kötü duyguları emiyordu. Sencer ve Elfida'nın masumiyeti Umay'a duyduğu kırgınlığı örtmüştü. Ona gerçek sevginin saklandığı yeri göstermişti. Umay'ın anlamasını, hayatın akmasını bekleyecekti. Türlü rezil acılardan geçmiş birinin yeni bir duyguya uçurum gibi bakmasını normal görüyordu. O kadar incinmiş ellerin kendi ellerini tutamayacak kadar yorgun olduğunu anlatıyordu kalbine. Hâlâ dünyanın en güzel kadınıydı.

Onun gözlerinden daha pırıltılı bir ışık görmemişti. Kötü sesinden dinlediği şarkılar en iyi plaklardan bile daha çok keyif vermişti. Saatlerce süren telefon konuşmaları en güzel saniyeleriydi. Teni, silinmeyecek bir ay parçası. Beraber içilen kahveler en iyileriydi. En önemlisi, hâlâ onun adından daha değerli bir kelime bulamamıştı. Ona hak veriyor, çok üstüne gittiğini düşünüyor, sevgisini telaşla anlatmasını yadırgıyordu içinden.

Yavaşça doğrulup bağdaş kurarak bir sigara yaktı. İçindeki terk edilmişliği ve sevgiyi tarttı. Ağır olanı bulup aklında dolaşanı yapmak için yavaşça kalktı. Ağır adımlarla karakolun içine doğru yürürken, içindeki duygu karmaşası sürüyordu. Demir kapının kolunu açıp içeri doğru yürüdü. Koridorun solundaki ilk kapıdan geçerek Ahmet'in masasının önündeki koltuğa oturdu. Masanın üstünde boş bir kâğıt ararken, içeri giren Ahmet ve Sencer'i fark etti. Sencer, mavi gömleği, havalı kot pantolonu, yeşil montuyla bayram çocuğu gibi giydirilmişti. Oysa kaybettiği yer eviydi. Üstelik kalbinin kelebeği olan Elfida da burada kalmıştı. Çaresizce kaderin yoluna razı bir kurban gibi süslüydü. Çocukluğu ölmüştü.

Ahmet, elindeki valizleri kapının girişine bıraktı. Omzundan tuttuğu Sencer'i Kürşat'ın karşısındaki sandalyeye oturttu. Sencer, mahcup yüzü ve şaşkın gözleriyle utanarak sağa sola bakıyordu. Ahmet, mutlu ve şen şakrak söze girişti:

"Her şey çok güzel olacak Sencer. Kürşat ağabeyin seni en iyi şekilde hayata hazırlayacaktır. Kalbini, güvenini, sevgini yasla ona."

Sencer, sevdiği ve hayatını değiştiren bu iki adamın gözlerine bakıp onlara kalbinin yükünü bırakırcasına masumca çıkıştı:

"Kalbim burada kalacak!"

Ahmet, şaşkınlıkla ve hafif tebessüm ile sordu:

“Neden?”

“Babamın evi burada çünkü bir de Elfida’nın gözleri.”

Odadaki herkes birkaç saniyelik bir deprem yaşadı. Çıt çıkmadan öylece dondu zaman. Sencer dolan gözlerini Kürşat ve Ahmet’in yüreğine akıttı:

“Babamın mezarından toprak aldım, onu götüreceğim. Elfida’nın gözlerini götüremem.”

Kürşat, ağlayan küçük adamının ellerini tutup merhametiyle okşadı. Gözlerinin içine baktı:

“Onu sevmeyi kalbinde taşı. Bir gün gözlerine söylersin.”

Ahmet, duygusal ortamı dağıtmak için, “Hadi bakalım valizlerini arabaya koyalım. Sonra da Elfida hanımdan başka vedalaşacağın kimse varsa onlara götüreyim seni,” dedi.

Sencer oturduğu yerden her çocuk gibi atlayarak indi. Ahmet, arkadaşına “Sen hazırlan birazdan döneriz” dedi. Kapıdan çıkışlarının ardından ayaklanan Kürşat önce kapıyı örttü, ardından boş bir beyaz kâğıt aradı. Dosyaların altında bulduğu kâğıdı özenle eliyle düzeltip düşünceye daldı.

Umay’ı ilk tanıdığı andan son gördüğü âna ve yaşadıkları duygulara kadar düşündü. Ellerinde gezdi, gülüşünde dinlendi, son akşamki gibi saçlarına mırıldandı. Kalbinin içine batan kirpiklerini dudak ucuyla öptü. Onu sevmenin lezzetini hissetti. Derin bir nefes aldıktan sonra yaktığı sigarasının uçuşan dumanına bakıp yüreğinin içindeki tüm aşkını yazmaya başladı. Yüreği, pırıl pırıl akan bir su gibiydi.

Biriciğim, hiç kırgın değilim. Bu hayatta seni kim incittiyse hepsi için ben özür dilerim. Yüreğinin telaşını biliyorum. İçinde hâlâ sancıyan eski ağrılarının aktığı nehri.

Sakın üşümesin gözlerin. Kirpiklerine yağmur değdirme. Beni güldürdüğün şarkılara, günlere, içimde yarattığın bahçeye minnettarım.

Hiçbir ayrılık içini tutmasın. Olur da özlersen, saçını taradığımı düşün. Birlikte söyleyip dans ettiğimiz şarkıyı mırıldan. Elinin kalbimde attığı gecelere git.

Gözlerimin en güzel bildiği bahçesin. Daha önce hiç bahar omzumda uyumamıştı. Sen gerçek kıldın. Sen koca adamı kırlarda uyuttun. Ah, ne güzel kokuyor dudaklarımda hâlâ adın!

Anneni sık ara. Avuç içlerini bolca öp yerime. Unutma, kalbimde sıcacıksın.

Son gece, uykunda gözlerinin ucunu öperken, 'eğer saçların omzuma düşüyorsa dünya iyi bir yerdir' diye mırıldanmıştım. Kısacık da olsa dünya iyi bir yerdi.

Seni sevmek ne güzel bir deniz. Bugün, yarın, daima.

Kâğıdı katladıktan sonra huzurla arkasına yaslandı. İlkyaz gözlerine hayalinden bir öpücük kondurdu. Yüreğinin taşıdığı en güzel yüktü artık Umay. Yeni bir hayat başlarken belki daha güzel şeyler olurdu. Belki onunlayken hep ettiği dua gibi başka bir zaman açardı hayatın içinde.

Kapıyı çaldıktan sonra içeri giren Ahmet, hüzünlü gözlerle sevdiğinin hayalinde dolaşan arkadaşına baktı. Şarkı söyler gibi konuştu:

"Birini sevmeyi kazandın. Kalbin hâlâ yaşıyor."

Kürşat, gülümseyerek başını salladıktan sonra tüm gücüyle arkadaşına sarıldı. Karşılıklı fısıltılarla teşekkür ettiler birbirlerine. Kürşat, kalbini de içine koyduğu zarfı Ahmet'e verdi. Adresi küçük bir kâğıda iliştirip yanına ekledi.

"Bu mektubu Umay'a yollarsın dostum. Keşke eski zamanlardaki gibi bir güvercin taşıyabilseydi bunu ona. Baharın kadınıdır o. Ne yakışırdı güzelliğine öyle ulaşmak."

Ahmet, arkadaşının taşan sevgisini gözlerinde hissetti. Pırıldayan yüzüne aynı sıcaklıkta baktı:

"Umarım sevgi denen şarkıyı bir gün birlikte söylersiniz."

Kürşat, beyaz bir bulut gibi gülümsedi kalbiyle. Vedalaşmak için kapının önüne doğru yürüdüler. Ahmet, arkadaşına takılarak, "Çok özletme buralara kendini," dedi.

"Artık sen Sencer ile bize özletme kendini."

Araca binmeden evvel, son kez yılların arkadaşlığını birbirlerine hissettirircesine büyük bir şefkatle bakışıp sarıldılar. Aracın kapısını açan Ahmet, eliyle buyurun diyerek arkadaşını bindirdi. Arka koltuktaki Sencer'i öpüp kulağına nasihatler fısıldadı. Yavaşça kalkan aracın ardından el sallayan Ahmet giderek küçüldü.

Araç köyün içinden geçerken Sencer tüm yaşadıklarının kederini ardında bırakıyordu. Cehennem geride kalıyor hissi, içinde beliren yeni mutluluğu okşuyordu. Sağ elindeki cam kavanozda babasının toprağı, sol elinde ise son anda Sencer'e onu unutmasın diye verdiği, Elfida'nın elinde bir bebek ve annesiyle olan fotoğrafı vardı. Araba köyün içini aşıp zeytinliklerle örülü yola doğru girdi. O yolun sonu, Sencer'in acılarının ve sevdiklerinin bir arada kalacağı kalbinin hafızasının izleriydi.

Elinde Şekerli'den vasiyet bir mektup, ayakuçlarında yalnızlığı Gazoz'la birlikte evine girdi. Gözleri ağlamaktan kan çanağına dönmüştü, gözaltları derin morluklar taşıyordu. İçinde ölümü kabullenme süreci ile savaşmaya devam ediyor, yanı sıra ağzından "Özür dilerim Şekerli" cümlesi düşmüyordu. İnanılmaz bir baş ağrısı ve mide sancısı da bunlara eşlik ediyordu. İnsanın kendini en yalnız, en çaresiz, güçsüz ve ne yapacağını bilmez hissettiği halindeydi. Bayılır gibi kendini attığı koltukta karşıda duran kırkbeşliğe bakıyor, sonra da derin bir kederle ile ağlamaya devam ediyordu. Karnına doğru sokulan Gazoz'u sıkıca sardı. Dostundan kalan bu can, onun hatıratı gibi yüreğinde yaşayacaktı artık.

Ağlamaklı halini kesip, yorgun bedenini kaldırarak banyoya girdi. Binbir güçlükle çıkardığı elbiselerini olduğu yere bıraktı. Saçlarından vücuduna dağılan sıcak su, her zerresi üşümüş tenini normalleştiriyordu. Suyun sıcaklığını fark eden yüreği, donarak ölmüş arkadaşını vicdanına bir balyoz gibi indirdi. Hıçkırıkları evin odalarına dağılacak güçte çıkarken, vücuduna akan su gözyaşlarını silemiyordu. Yaklaşık yarım saat daha süren bu kriz, gözyaşlarının kurumasıyla neticelendi. Tekrar döndüğü koltukta ıslak saçları ve elindeki mektubu tekrar tekrar okuyuşu ile yüreği kanıyor, vücudu ıstırabı sürdürüyordu. Güçsüz yanı, nefes verecek bir ses aradı. Bir süre nereye koyduğunu bile bilmediği telefonunu düşündü. Bulduğunda ise elinin gideceği tek isim Kürşat'tı.

Zeytinliklerin sıkıştırdığı dar yol hız yapmaya engel oluyor, araba yavaş ilerliyordu. Kürşat dikiz aynasından Sencer'i gözlüyor, aynı zamanda da yola dikkat kesilmeye çalışıyordu. Sencer elindeki topraktan ve Elfida'nın resminden kendini alamıyor, arada da başını cama kaldırıp her şeyin geride kalıp kalmadığına bakıyordu. İçinde bir an evvel zeytinlik yolun sona ermesini ve her şeyin çok güzel olmasını umduğu o yola girmeyi geçiriyordu. Kürşat, hüzünlü gözlerle önüne bakan küçük adamına seslendi:

"Demek iki kirpik üst üste seni seviyorum demekti. Bu hayatta duyduğum en güzel sevme biçimi. Baban harika bir kalbe sahip biriymiş. Sen de ona benzemişsin."

Sencer, duyduklarından mutlu olsa da içindeki hüzün sesini titreterek cevapladı:

"Babamın kalbi gül kokardı."

Ardından cam kavanozu kalbinin üstüne bastırıp minik dudaklarıyla öptü.

Kürşat, dikiz aynasından izlediği gözlere umutlu bir sevgi fısıldadı:

"Söz veriyorum dünya yine güzel bir yer olacak."

Araba zeytinliklerin sonuna doğru ilerlerken, ileride yolu kapatacak şekilde devrilmiş iki zeytin ağacı onları bekliyordu. Durumu gören Kürşat hızını gittikçe düşürdü. Ağaçları kenara çekmek için arabadan inerken yan koltukta çalan telefonu fark etti.

Kafasını içeri doğru uzatıp eline aldığı telefonda Umay'ın aradığını görmesiyle kalbi bir anda deli gibi çarpmaya başladı. Telefonu açtığı an, sırtına giren sıcak bir ağrı duydu. Aynı ağrı ensesine de saplandı. Zeytinliklerin içinden gelen iki el ateş sesi, ağrının sebebini belirtiyordu. Şoför kapısının olduğu yere yığıldı, elinden arabanın altına düşen telefondan kulağına uzak da olsa çalınan ses Umay'dı. Vücudundan dağılan kan hızlandı, şuuru gitmek üzere iken, dudakları onu duymak isteyen Umay'a son nefesinin kelimelerini döktü:

"Yüzümü öptüğün dudaklarına teşekkürler.

İki kirpik üst üste küçük kızım, büyük annem.

İki kirpik üst üste."

İçinde Umay'ı taşıyan kalbi durdu. Sencer'in çığlıkları, Umay'ın haykırışları aynı acıya aitti. Dünya olanca hızıyla ve hiçbir şey olmamışçasına dönmeye devam ederek...

Asude Gönültaş'a, Ömer Acemoğlu'na, Tarık Danacı'ya ve Sibel Taylan'a tüm yüreğimle sonsuz teşekkür ederim.

"Elfida, hep aklımda kalacaksın."